C. COQUELIN

DE LA COMÉDIE-FRANÇAISE

L'ARNOLPHE

DE

MOLIÈRE

PARIS

PAUL OLLENDORFF, ÉDITEUR

28 *bis*, rue de Richelieu

1882

Tous droits réservés.

L'ARNOLPHE DE MOLIÈRE

ÉVREUX, IMPRIMERIE DE CHARLES HÉRISSEY.

C. COQUELIN

DE LA COMÉDIE-FRANÇAISE

L'ARNOLPHE

DE

MOLIÈRE

PARIS

PAUL OLLENDORFF, ÉDITEUR

28 *bis*, rue de Richelieu

1882

Tous droits réservés.

L'ARNOLPHE DE MOLIÈRE

Je devrais commencer par des excuses. Si quelque chose peut sembler inutile, en ce monde où tant de choses et de gens sont inutiles, c'est une conférence de plus sur un sujet qui a déjà fourni matière à tant de conférences. Je ne sache guère en effet comédie qui en ait inspiré davantage. La première en date, qui est incontestablement la meilleure, aurait bien dû pourtant décourager d'en faire d'autres. Impossible d'exposer avec plus d'esprit les objections ;

impossible d'y répondre avec plus de bon
sens. Mais cette conférence, qui remonte au
1ᵉʳ juin 1663, avait, aux yeux des contemporains, un tort considérable, celui d'être de
l'auteur de la pièce, de M. de Molière lui-
même. On trouva outrecuidant qu'un auteur
attaqué se défendît en personne, et, qui pis
est, se défendît en poète comique, c'est-à-dire
fît de ses critiques une comédie, et des plus
vives. Il plut des réponses et ce fut un beau
bruit. Les échos en sont venus jusqu'à nous,
fournissant une ample tablature à messieurs les
commentateurs. Si bien qu'à mon tour il m'a
pris envie de vous raconter cette bataille, une
des plus hardies qu'ait livrées Molière, et de
laquelle date cette grande campagne contre
les dévots, que, tout mort qu'il est, — pas si
mort que ses adversaires le voudraient bien,
— il poursuit encore aujourd'hui, grâce à
Tartufe.

Disons donc deux mots, si vous le voulez
bien, de toutes ces pièces mises en conférences
et de toutes ces conférences mises en pièces.

Je puis, du reste, faire valoir, à ma décharge,

qu'à mesure que le temps passait et que les
hommes se renouvelaient — si les hommes
se renouvellent, — à mesure du moins que
changeaient les mœurs, la comédie de Molière apparaissait aux critiques sous des as-
pects nouveaux, dont plusieurs fort inatten-
dus pour Molière, si le sort eût voulu, pour
notre bonheur, qu'il eût la vie aussi dure que
ses chefs-d'œuvre et qu'il pût lire les fantaisies
que ceux-ci ont inspirées de notre temps.
C'est sur ces aspects-là que je me réserve d'in-
sister tout à l'heure, comme j'ai fait dans ma
causerie sur le *Misanthrope*, et sans craindre
davantage de froisser ce qu'au risque de passer pour un esprit arriéré, j'appellerai les
préjugés romantiques sur Molière.

Arriéré! quand j'étudie le maître, je voudrais l'être, — de deux cent vingt ans au
moins pour le pouvoir étudier sur le vif. Je sais
que la traversée des âges produit sur les chefs-
d'œuvre le même effet que la traversée des
Indes sur le bon vin; ce qu'ils ont d'imperfec-
tions se dépose; ils y gagnent cette saveur
unique et ce bouquet d'immortalité qui font

que, quand on en débouche une bouteille, je veux dire quand on en joue un quelque part, les douze ou quinze cents personnes appelées à la dégustation se recueillent dans un même sentiment de religion et de bien-être. Mais il n'est pas défendu pourtant d'aimer le vin dans sa nouveauté, et je crois qu'il serait bon, si c'était possible, de remonter les âges et d'écouter la comédie de Molière avec les oreilles de ses contemporains, de façon à la juger avec la même vivacité que si nous ne l'avions jamais entendue.

J'ai peine à croire, je l'avoue, que les grands hommes soient si peu dans le secret de leur génie qu'on le prétend de nos jours ; et il me semble que si je pouvais interroger Molière lui-même sur son œuvre, il m'en dirait des choses au moins aussi sensées que celles qu'en ont pu dire Messieurs tel ou tel, dont les noms figurent, en petits caractères, au bas de chaque page de ses œuvres dans les éditions *Variorum*.

Et si ce désir, hélas ! si vain quoique si vif, de revoir et d'entendre un auteur depuis si longtemps enseveli qu'on ne sait plus même

où gît sa cendre, si ce désir est concevable,
c'est surtout quand il part d'un comédien, car
je ne veux pas être autre chose, et qu'il s'ap-
plique à un grand homme qui fut un comédien aussi, et qui, sans aucun doute, faisait
de son jeu le commentaire le plus précis et
le plus profond de son œuvre.

Un de mes amis, très informé de toutes les
choses du théâtre, esprit ingénieux et cher-
cheur, a écrit la *Première représentation du
Misanthrope*, et l'opuscule est charmant. Mais
la première du *Misanthrope* ne fut pas une
bataille, elle ne fit pas date dans la vie de
Molière, comme celle des *Précieuses* ou celle
de *Tartufe,* ou celle enfin de l'*École des
femmes.*

Ah! c'est celle-ci que j'aurais voulu qu'il
nous donnât! Tâchons d'y suppléer une mi-
nute, dussions-nous, à défaut de son érudition,
appeler un peu l'imagination au secours.

Supposons-nous, si vous le voulez bien,
revenus à l'an de grâce 1662, au lendemain
de la Noël, et tâchons de nous orienter, car
tout Parisiens que nous sommes, transportés

en plein siècle de Louis XIV, nous nous fai-
sons un peu l'effet d'arriver de province.

C'est l'aurore du grand règne. Louis a
vingt-cinq ans. *L'Etat c'est lui*, depuis surtout
que Fouquet est à Vincennes. Il mène de front
les affaires et les plaisirs, négocie avec les
républicains de Hollande, malmène le Saint-
Père, rudoie Philippe IV, soudoie Charles II,
et, en même temps, danse et compose des
ballets où font merveille sa grande mine et sa
belle jambe, et sa noble chevelure flottante,
car ce n'est que dans dix ans qu'il désespérera
le monde en prenant la perruque. C'est là
que l'admirent les yeux de tourterelle de
cette petite blonde, modeste, tendre, et boî-
teuse comme la prière, qui s'appelle made-
moiselle Louise La Beaume Le Blanc de la
Vallière. Ils sont dans la première ferveur de
cet amour, qui eût tant fait pardonner à
Louis, s'il ne l'eût trahi; il en naîtra l'année
prochaine un fils, à la venue duquel assistera
pieusement Colbert. Le roi, adoré d'elle, est
idolâtré de tous; il est déjà le Soleil; *nec
pluribus impar*, dit la devise qu'il vient de

prendre, au carrousel des Tuileries. La cour autour de lui se pâme. Le temps n'est plus des âpres génies. Descartes est à l'index; voilà quatre mois que Pascal est mort; Corneille subsiste, mais non plus entier, et ce n'est pas *Cinna* qu'on répète à l'Hôtel de Bourgogne, c'est *Sophonisbe*. Son frère Thomas a plus de succès que lui. Boileau compose ses premières Satires. La Fontaine, encore peu connu, fait pleurer les nymphes de Vaux. Racine est un jeune homme de vingt-deux ans, à qui s'intéresse Molière, qui lui jouera dans un an la *Thébaïde*. Le grand homme du moment, l'homme écouté, le dispensateur des grâces, c'est Chapelain. Il reproche à Molière de tomber dans la scurrilité. Le règne des Précieuses n'est pas consommé. Somaize a publié cette année même leur grand *Dictionnaire*. Leurs bureaux d'esprit, leurs alcôves font l'office de la presse. Seulement elles se divisent, pour Molière, en alcôves pour et en alcôves contre; et le grand introducteur de ces doctes ruelles, l'abbé Dubuisson, l'honore de son embarrassante protection. Il y a bien une dizaine d'abbés à l'Académie, et quelques évêques; cela, d'ailleurs, ne semble pas suffire... aux abbés; et l'un deux, le d'Aubignac, si fort ennemi de Corneille, vient d'en fonder une autre, l'académie des *Allégoristes;* elle se réunit chez l'abbé de Villeserain; les dames y sont admises. — Il y a une troisième académie, celle de Danse; elle a été fondée par le roi même, *pour remédier aux abus introduits dans l'art par les désordres et la confusion des dernières guerres ; abus capables de porter ledit art à une ruine irréparable.* Dieu merci ! grâce à Louis XIV, la danse est sauvée; M. Jourdain l'apprendra. Mais allons au théâtre, s'il vous plaît.

Paris en a plusieurs : le Marais, l'Hôtel de Bourgogne, le Palais-Royal; il y a la troupe espagnole qui a fait *four* à la ville, mais que la reine a fait réussir à la cour; il y a les Italiens, qui alternent au Palais-Royal avec la troupe de Monsieur. La mort de Mazarin a porté un coup à l'Opéra naissant; on n'entend plus guère chanter ces faussets particuliers que Madame de Longueville, charitable, appe-

lait des *incommodés*. La troupe royale, ceux
qu'on nomme les *Grands Comédiens*, ce sont
ces Messieurs de l'Hôtel de Bourgogne, les
Floridor, les Montfleury, les Beauchâteau, la
laide et sublime Desœillets. Ils jouent, comme
la troupe de Monsieur, les mardis, vendredis
et dimanches; parfois le jeudi, si la pièce est
la *Camma* de Corneille le jeune, ou *Persée et
Démétrius*. L'hiver est la saison des tragédies,
à cause des belles recettes qu'elles font; cela
changera peut-être... Molière cependant
risque aujourd'hui sa comédie nouvelle. En
voici l'affiche, rouge et noire; voyez; elle
annonce pour deux heures, l'*Ecole des Femmes*;
point de noms d'acteurs, mais on sait qu'il
joue dans toutes ses pièces.

L'affiche dit deux heures : mais vous n'i-
gnorez pas que l'heure du dîner retarde le
spectacle; on ne commence plus qu'après
quatre heures, d'autant que c'est l'usage
d'attendre que la salle soit remplie; si bien
qu'on ne sort guère qu'à sept, et cela fait
crier. Heureusement nous avons la nouvelle invention, les chandelles au coin des

rues, qui durent jusqu'à minuit; c'est admirable.

Nous voici au théâtre; on entre; il y a quelque poussée; comme d'habitude, les mousquetaires font tapage; ils prétendent, étant de la maison du roi, entrer sans payer; cas de querelle, et de temps en temps l'on tue à Molière un portier; aussi Saint-Germain et Gillot ont-ils l'épée. Nous qui ne sommes que clercs ou bourgeois, pour quinze sols nous irons au parterre; les loges sont de trois livres; les belles galeries dorées de cent dix sols; les seigneurs du bel air donnent un demi-louis pour être sur le théâtre. Connaissez-vous la salle ? Voilà qui est plus beau que le jeu de paume du Marais. C'est celle que Richelieu fit bâtir pour *Mirame*; le roi l'a donnée à Molière, de moitié avec les Italiens, après que le sieur Ratabon, surintendant des bâtiments, eut commencé à démolir le Petit-Bourbon sans prévenir la troupe, qui se trouva une belle après-midi sans théâtre. On y tient mille à l'aise, et puisque nous sommes debout comme les cinq cents qui sont au parterre, considérons le lieu.

L'éclairage est brillant, et ne rappelle que de loin les deux lattes mises en croix avec une chandelle à chaque bout, qui composaient le luminaire, aux premiers temps de Louis XIII ; il est à présent de deux lustres de dix bougies, pendus au-dessus de l'avant-scène d'où l'on les descend pour les moucher, et qu'on lève quand la pièce commence. Point de rampe : une grille ; point de trou du souffleur : le souffleur est derrière la scène ; point d'orchestre : les six violons sont dans une loge. Ces loges, où sont nos précieuses, sont fort incommodes ; on n'y voit guère ; mais l'important est qu'on soit vue. Entendez-vous sur la scène le fracas des marquis s'embrassant et remuant les chaises de paille ? En voici qui écartent le rideau pour faire des mines à certaine loge ; à celle de Ninon, je pense ; n'est-ce pas elle, là-bas, qui a quitté pour Molière, — ils sont amis, — sa petite cour de la rue des Tournelles ?... Mais le brouhaha redouble. Un Périgourdin près de nous demande de qui est la pièce. Son voisin lui répond ; il est distrait, sans doute, car il répond en rimes :

C'est une pièce de Molière ;
Cet écrivain par sa manière
Charme aujourd'hui toute la cour ;
De la façon que son nom court
Il doit être par delà Rome ;
J'en suis ravi, car c'est mon homme.

— Molière ! dit le Périgourdin. Je le connais ; il a passé chez nous ; il menait l'*Illustre Théâtre*.

— Justement, repart un autre, un Parisien, qui semble assez honnête homme ; et il y fut médiocrement reçu.

— C'est qu'il voulut jouer *Nicomède* ou *Pompée* et qu'il n'est point merveilleux acteur, si ce n'est dans le ridicule.

— C'est l'avis commun, et l'on le drape à l'Hôtel de Bourgogne sur la façon dont il joue le tragique.

— Un garçon d'esprit toutefois... Il m'a fait pâmer de rire dans telle pièce de Scarron... mais aussi, ce Scarron, quel génie !... Vraiment, ce Molière est à Paris !

— Depuis quatre ans ; Monsieur patronne sa troupe ; et il plaît au Roi, dont il est valet de chambre.

— Que me dites-vous là? Mais c'est un personnage.

— Il serait vrai, si son métier de comédien ne lui faisait tort; et les autres valets de chambre ne souffrent qu'impatiemment de partager avec lui l'honneur de faire le lit du roi. Cependant il persiste : cela lui donne ses entrées ; il observe les hommes, fournit ses tablettes et s'oriente sur l'humeur du maître...

— Mais valet de chambre ! Il était donc de bonne famille ?

— La charge lui vient de son père, qui était en outre tapissier.

— Et ce père l'a laissé jeter dans le théâtre !

— Il s'y est jeté de lui-même il y a quelque dix-sept ans; et il est à décider si ce fut l'amour d'une comédienne qui lui fit suivre le théâtre, ou l'amour du théâtre qui lui fit suivre la comédienne.

— La profession le passionnait à ce point ?

— Jusque là, qu'étudiant Térence avec Monsieur le prince de Conti, il allait, en sortant, sur le Pont-Neuf, s'offrir à l'Orviétan,

pour lui remplacer son pître, pendu pour ses
mérites ou mis à mal par les médecines de
son maître.

— Et qui est la comédienne qui l'enleva ?...
Joue-t-elle toujours ?

— Toujours, bien qu'elle ne soit plus jeune,
et qu'on l'ait chansonnée quand elle fit la
naïade dans le prologue des *Fâcheux*... Vous
savez ?... La chanson de la *Coquille*... qui ré-
clame un poisson plus frais... C'est la Béjart,
pardieu ; Madeleine Béjart, dont, toute réflexion faite, Molière vient d'épouser la sœur.

— Il en a épousé la sœur ?

— Toute jeune ; c'est du fruit bien vert pour
lui ; d'où les méchants bruits qui courent.

— De méchants bruits ? Parlez, parlez.

— Cela ne se peut dire qu'à l'oreille...

— Y croyez-vous ?.. Sa fille !...

— Je crois Molière honnête homme, et il a
des ennemis.

— Un satiriste n'en saurait manquer.

— Et des plus cruels : car il en fait rire.

— C'est juste.

— Ajoutez qu'il est riche ; comment endurer

qu'il loge rue Richelieu, qu'il ait des meubles précieux, des lustres, des miroirs, des cabinets, des tableaux et des tapisseries, et que, reçu dans les meilleures compagnies, tout comédien qu'il est, il tranche assez du grand seigneur pour rendre tous les dîners qu'il reçoit ?

— Cela crie vengeance, en effet... Mais que dit sa femme et comment se comporte-t-elle ?

— Heuh ! heuh !...

— Comment diable ! Est-ce que ?...

— Hé ! hé !

— Diantre ! Mais vous disiez qu'il vient de l'épouser ?

— En janvier dernier... Entre nous, ce serait dommage ; car il ne s'est pas conduit avec elle en Sganarelle, mais en Ariste... Je pense que vous connaissez l'*Ecole des Maris ?*

— On me l'a fait lire.

— On assure que Molière s'est peint dans Ariste ; et l'éducation que préconise ce bonhomme est celle qu'il a donnée à sa femme, car il l'a élevée lui-même...

— Bonne *précaution,* encore que Scarron la

déclare *inutile*..... Mais que pensez-vous du fait ?

— Qu'il est possible ; et j'ai observé que Molière a repris cette pièce au moment même de son mariage...

— Si j'en crois le titre de celle d'aujourd'hui, nous allons sans doute voir la contrepartie. Je gage que Molière a changé d'avis, et qu'il est à présent pour Sganarelle...

— Nous le saurons tout à l'heure : le rideau monte.

Le rideau monte effectivement, et nous découvre la scène, assez étroite et encombrée de spectateurs du bel air, assis à droite et à gauche, dans des postures qui montrent que la plupart savent qu'ils se donnent eux-mêmes en spectacle. On se jette quelques noms à l'oreille : c'est M. le duc de la Feuillade, c'est M. le commandeur de Souvré, c'est M. le comte de Broussin... J'entends nommer Plapisson. un personnage assez dédaigneux, de ceux-là évidemment qui, à l'hôtel de Bourgogne, partent avant la fin du spectacle, pour ne pas ouïr la farce qu'on donne après la tragédie.

Le décor est fort simple : c'est deux maisons
sur le devant et, le reste, une place de ville.
« Il faut une chaise, une bourse et des jetons.»
Voilà pour la mise en scène et les accessoires.
Au reste, que pourrait-on mieux faire, n'ayant
point de coulisses, et tous les acteurs réduits
à entrer par le fond, comme le veulent ces
deux rangs de marquis en demi-cercle? —
C'est un mal dont on a pris son parti ; et l'on
ne supprime ces places que dans les pièces à
machines, ou chez le roi.

Cependant le brouhaha qui suit d'ordinaire
le lever du rideau, compliqué de quintes de
toux, de crachements, de mouchements et de
remuements de chaises, ce brouhaha s'apaise,
et derrière les marquis, là-bas, paraissent deux
bourgeois, ce semble, de mise assez cossue,
qui s'avancent sur le devant de la scène ; et
l'approche du premier excite dans la salle ce
léger mouvement d'aise et cet épanouisse-
ment de physionomie qui signifient clairement:
« Ah ! ah ! le voilà, c'est lui ; nous allons rire !»
au moins chez ceux qui ont la conscience
bonne et la rate saine.

C'est lui : c'est Molière ; vous le reconnaissez ; ou plutôt, point du tout ; ce n'est pas Molière, car il joue ; c'est son personnage que vous avez sous les yeux ; un homme de quarante ans passés, assez bien nourri, de bonne mine et l'air fort satisfait de soi ; il y a dans sa toilette quelque prétention au bel air ; c'est un certain Arnolphe, qui a du bien, et qui, nous apprend son compère, se fait appeler Monsieur de la Souche ; vieux garçon (cela se voit), l'œil encore vif, la lèvre grasse, aimant les bons contes, un bon raillard, eût dit Rabelais, et qui se flatte de les savoir toutes : écoutez-le dauber sur les maris ; il ne tarit pas, il en fait gorge chaude ; oui, mais repart le compère à qui cet ennemi des maris vient de confier son prochain mariage,

Qui rit d'autrui
Doit craindre qu'en revanche on rie aussi de lui.

N'a-t-il point de peur de quelque disgrâce comme celles qu'il a tant raillées ? Gare alors, gare

..... Qu'aux carrefours on ne le tympanise !

— Mon Dieu, notre ami, réplique notre
homme d'un air de supériorité tout à fait ré-
jouissant, n'ayez crainte ; je connais les
femmes ; je suis sûr de mon affaire ; bien
huppé qui m'attrapera !

A cette merveilleuse confiance dans ses
ressources, à cette certitude goguenarde et
vaniteuse, il n'est pas difficile de deviner que
nous avons devant nous le ridicule de la pièce
et nous nous préparons déjà à voir l'infaillible attrapé. Toutefois, écoutons son secret :
car il va libéralement nous le dire. Cette admirable rubrique, cet unique moyen de n'être
point... ce que vous savez, — c'est d'épouser
une sotte.

Une sotte ! le compère se récrie ; et j'en vois
beaucoup dans les loges, qui ne se récrient
pas moins ; la doctrine scandalise nos précieuses, qui se sentent visées par Arnolphe
dans ces *Spirituelles* qui ne parleraient rien
que cercle et que ruelles ; voyez l'impertinent
qui soutient

Que femme qui compose en sait plus qu'il ne faut !

Il va plus loin : il veut que la sienne

> ..... En clartés peu sublime
> Même ne sache pas ce que c'est qu'une rime,
> Et s'il faut qu'avec elle on joue au corbillon,
> Et qu'on vienne à lui dire à son tour : Qu'y met-on?
> Il veut qu'elle réponde : Une tarte à la crême !

A ce mot qui fait éclater le parterre, les dames pincent les lèvres, un quidam à notre côté, à mine discrète et fade, poète probablement, murmure: « Cela est grossier »; et M. de la Feuillade, sur le théâtre, lève les bras au ciel d'un air de pitié. Voilà une pièce qui commence mal. Comment prend-on Molière au mot? Ne voit-on pas que c'est son personnage qui parle? — Il poursuit; il raconte son entreprise ; il veut une moitié qui dépende toute de lui; celle qu'il a choisie lui inspira de l'amour dès quatre ans ; il l'a achetée de sa mère, une bonne paysanne, qui, dit-il,

> A s'ôter cette charge eut beaucoup de plaisir.

Et il la fait élever selon sa politique, c'est-à-dire :

> ... Ordonnant quels soins on emploierait
> Pour la rendre idiote autant qu'il se pourrait.

Et vous voyez un homme enchanté ; il a réussi ; elle est simple au delà de ce qu'on peut imaginer, elle en dit à le faire pâmer de joie ; jusque là que, l'autre jour, elle est venue lui demander

> Avec une innocence à nulle autre pareille
> Si les enfants qu'on fait se faisaient par l'oreille !

A ce trait d'Arnolphe, qu'il lance d'un air épanoui, comme la chose la plus belle du monde, grand éclat de rire autour de nous, grande inquiétude parmi les dames, dont les visages disparaissent derrière les éventails ; décidément, ce soir, c'est Rabelais qui souffle Molière.

Mais voici Arnolphe seul ; et comme il revient de voyage, il veut rentrer chez lui. Par malheur il a eu soin de choisir, pour veiller sur son innocente, deux valets aussi simples qu'elle ; et ces deux naïfs, disputant à qui n'ouvrira pas, laissent pester leur maître un bon quart d'heure à la porte. La scène semble froide au poète pincé, notre voisin, non pas à nous :

car, outre qu'il nous paraît juste qu'Arnolphe soit attrapé par les choses même dont il s'est cru garantir contre toute attrape, — n'y a-t-il pas de quoi crever de rire, rien qu'à voir la face ahurie d'Alain ? L'obligeant Parisien qui renseignait tout à l'heure le Périgourdin lui dit que cet acteur est Brécourt ; c'est un comique excellent qui s'est mêlé des armes et se pique d'écrire ; comme presque tous les comédiens ; le Roi dit de lui qu'il ferait rire des pierres. Quant à Georgette, c'est Mlle Marotte qui la joue ; une toute pouponne fillette, à qui l'on ne donne encore que de petits rôles, à qui même on fournit ses costumes ; Lagrange a du goût pour elle.

Doucement : voici Agnès qui entre en scène ; Agnès, c'est Mlle de Brie, qu'on pourrait appeler belle et bonne ; avec quel art elle s'est rajeunie pour ce rôle, ou plutôt comme elle a su faire sortir et répandre sur toute sa personne le charme qui est dans son âme ! C'est la meilleure de celles qu'a aimées Molière ; c'est le refuge de ses péchés et de ses peines ; si douce et si paisible, qu'à son âge, elle joue Agnès au

naturel et qu'à soixante ans, quand elle voudra
cesser de le jouer, le public refusera d'y entendre la du Croisy et ira lui-même, à grands
cris, chercher la de Brie pour lui rendre la
vraie Agnès.

ARNOLPHE

La besogne à la main? c'est un bon témoignage.
Eh bien! Agnès, je suis de retour du voyage,
En êtes-vous contente?

AGNÈS

Oui, monsieur, Dieu merci.

ARNOLPHE

Et moi de vous revoir, je suis bien aise aussi.
Vous vous êtes toujours, comme on voit, bien portée?

AGNÈS

Hors les puces qui m'ont la nuit inquiétée.

ARNOLPHE

Ah! vous aurez bientôt quelqu'un pour les chasser.

AGNÈS

Vous me ferez plaisir...

Et là-dessus, elle remonte, laissant le parterre en joie et Arnolphe dans le ravissement
de son ouvrage. Patience; notre homme va

déchanter. Voici l'amoureux qui paraît. C'est Lagrange, un acteur tout noblesse et tout feu; un vraiment honnête homme aussi. Les pousseuses de beaux sentiments, que les puces d'Agnès inquiétaient aussi furieusement, sont un peu apaisées, ce semble, par l'entrée en scène de ce joli jeune homme. Il est bien fait, avec son air éventé, ses grands cheveux blonds, ses belles dents, ses rubans et ses plumes.

Le voilà qui embrasse Arnolphe. Il ne le connaît que sous ce nom. Arnolphe est un ami de son père, à qui ce père le recommande en attendant qu'il arrive lui-même, écrit-il, pour un fait important qu'il n'explique point. Arnolphe, à qui plaît la société des jeunes gens, pour les galanteries qu'ils aiment à dire, ouvre obligeamment sa bourse à notre Horace, et tout aussitôt le met sur le chapitre des femmes. — Voyons cela; donnez-moi la comédie; les femmes sont faciles, les maris bénins ; vous avez fait des cocus, hé? Contez-moi ça ?

— Et voyez comme son œil pétille; l'eau lui vient à la bouche. Horace d'ailleurs ne le fait point languir; il a toute l'aimable intempérance de langue des jeunes gens, qui met toute la terre dans leur confidence; et le voilà qui conte qu'il est épris... de qui? d'Agnès naturellement; oui, d'un jeune objet, qu'entretient dans l'ignorance certain de la Zousse ou de la Source, vous pensez qu'il a bien autre chose à faire que de s'arrêter au nom, un homme riche, mais un fou, un ridicule... Le connaissez-vous point? — Hé oui! je le connoi, dit Arnolphe; et il ne se peut rien voir de plus plaisant que le changement de son visage, le rapprochement de ses sourcils et la grimace dont il avale cette pilule... Mais Horace ne voit point cela, ou n'en soupçonne point la cause; et il s'éloigne, bien aise d'avoir parlé de celle qu'il aime, et recommandant le secret, — sans doute pour se laisser le plaisir de le conter lui-même à tout le monde, et Arnolphe, un moment abattu, finit l'acte en courant après lui afin d'en tirer davantage...

Un gros bourdonnement s'élève, le parterre applaudit, les loges font les renchéries; les marquis sur le théâtre se lèvent avec un bruit proportionné à leur importance et vont derrière la scène agacer les comédiennes ou draper Molière chez Molière. On entoure les distributrices de rossolis et de vin d'Espagne. Un jeune homme, fort affairé, qui a le rabat et la calotte, entre dans une loge, offrant des confitures aux dames; les dames sont des plus précieuses; et par notre Parisien, qui sait tout, nous apprenons que ce jeune homme est un poète, un sieur de Visé, familier de l'Hôtel de Bourgogne; il semble fort animé contre la pièce; le mot d'obscénité est prononcé. Une voix forte répète sur la scène: «Tarte à la crême!» Ah! ah! tarte à la crême! On rit, on querelle; cependant on reste dans l'attente, et voici qu'Arnolphe rentre en scène.

Admirez quelle passion l'anime : il en est tout bouffi; il enrage. Il n'a pu rejoindre Horace; il interroge ses valets. L'amusante scène et que cela est joué! Les pauvres bêtes sont assommées de peur; ils tombent l'un et l'autre à genoux, et y retombent jusqu'à six fois symétriquement, avec des postures inimaginables; si cela est de la farce, comme l'assure le poète pincé, un certain Br.... Bross.....

Boursault, à ce que j'entends dire, — au moins cette farce ne manque-t-elle pas son but; on rit; l'on rit davantage encore lorsqu'Arnolphe montant lui-même chercher Agnès, Alain, seul avec Georgette, lui explique ce que c'est que la jalousie, et que la femme est, par rapport à l'homme, comme un potage où il lui déplaît que le prochain trempe les doigts. Mais cette similitude ne paraît point goûtée de nos précieuses; et en voilà qui font des haut-le-corps... La femme un potage! Le moyen d'y tenir! Tous les délicats seront contre la pièce et il ne restera de Molière qu'un bouffon sans conséquence. Ainsi parle Araminte à Climène; et Lysidas opine du bonnet.

Chut! Arnolphe reparaît; Agnès le suit; notre homme s'est à-propos rappelé son Plutarque; il contient son courroux; il interroge doucement, et s'efforce même de prendre part à la peine d'Agnès, qu'émeut encore le trépassement du petit chat. S'ennuyait-elle point durant l'absence d'Arnolphe? — Jamais je ne m'ennuie, dit-elle. Et pourquoi s'ennuie-

rait-elle, en effet? Elle ne sait ce qui lui man-
que. — Et elle a tant à s'occuper! Elle se fait
des cornettes; elle lui a fait des coiffes; de
ces copieuses coiffes de nuit, qui tiennent
chaud à la tête et préservent du serein. — Et
il a beau la lorgner en dessous, la bonne petite
fille qu'elle est, tranquille et candide, n'avoue
ni ne se déconcerte; il n'en tirera rien, s'il ne
décharge franchement son cœur. — Il le fait
donc, à la façon classique, avec un exorde
insinuant. — Le monde est une étrange
chose, Agnès! On prétend qu'un jeune homme
est ici venu, que vous avez écouté ses haran-
gues; j'ai gagé que c'était une fausseté pure...
— Oh! s'écrie l'enfant, ne gagez pas, vous
perdriez !... Et dans l'ingénuité de son âme,
n'épargnant aucun détail à son interlocuteur
étranglé de jalousie, elle conte, en un récit
charmant, sa rencontre avec Horace et leur
assaut de révérences; puis, la venue de certaine
vieille, envoyée par le jeune homme pour lui
peindre les blessures qu'il a reçues de ses
yeux et lui en demander remède; et après ce
préliminaire, les visites d'Horace lui-même...

Admirez le jeu de Molière pendant cette confidence innocemment assassine! Il semble,
tant il charge ses traits, ride le front, roule
les yeux et joue des sourcils, qu'Arnolphe se
sente pousser vraiment des cornes !

> O fâcheux examen d'un mystère fatal
> Où l'examinateur souffre seul tout le mal!

Il faut savoir pourtant jusqu'où ce pendard a
poussé les affaires; il faut savoir jusqu'où l'innocence peut mener une fille. Il causait; bon;
cela vous chatouillait l'âme; oui; ne vous
faisait-il point aussi quelques caresses ?

> Oh! tant! il me prenait et les mains et les bras
> Et de me les baiser il n'était jamais las !

— Ne vous a-t-il point pris, Agnès, quelque
autre chose? demande Arnolphe; et voyant
qu'elle se tait, interdite, il pense étrangler.
Ouf! — Une rumeur, un chuchotement court
dans la salle; des rires étouffés; un grand
claquement d'éventails qu'agite désespéré-
ment la pudeur violée des marquises; mais
cela est bien plus fort deux mots plus loin :

AGNÈS

Hé ! il m'a...

ARNOLPHE

Quoi ?

AGNÈS

Pris...

ARNOLPHE

Heuh !

AGNÈS

Le...

A ce *le*, où s'arrête Agnès, comme effrayée de ce qu'elle va dire, la chasteté des précieuses ne connaît plus de bornes, elles tournent le dos à la scène ; c'en est fait, elles n'écoutent plus, les abbés s'indignent, et il y a sur le théâtre des élégants tout prêts à tomber en syncope.

Agnès cependant s'explique : ce *le* est un ruban ; un ruban, rien de plus ; et si elle en a tant retardé l'aveu, c'est que c'était un ruban donné par Arnolphe ; Arnolphe ne peut manquer d'être fort en colère ; et elle est toute

surprise de le voir soulagé. Mais ce n'est point
pour longtemps ; et il révèle à l'ingénue épou-
vantée que toutes ces choses qu'elle raconte,
si plaisantes et si douces, sont des péchés, et
des plus gros ; et qu'il entend, si le blondin
se représente, qu'elle lui jette la porte au nez
et, s'il heurte, un grès par la fenêtre ; et la
pauvre petite a beau objecter :

Las ! il est si bien fait... je n'aurai pas le cœur...

l'extravagant lui coupe la parole, et, enflant la
voix, d'un ton de parodie :

Je suis maître, je parle ; allez, obéissez !...

Tous deux rentrent ; et avant même qu'ils
aient disparu, le brouhaha éclate ; c'est une
rumeur à ne pas s'entendre ; le vicomte du
Broussin s'élance dehors en renversant sa
chaise ; M. de la Feuillade ricane ; Plapisson,
le philosophe, regarde le parterre comme s'il
s'agissait d'une demi-lune à forcer, ou même
d'une lune tout entière ; et les abbés voltigent
de loge en loge, caquetant sur l'obscénité de

Molière. Vous ne le saviez pas, mesdames ? ce bouffon est plus ordurier que Tabarin. Je vous dirai, si vous voulez, sa chanson du *lanladeri-rette*. Il y en a pour faire rougir un mousquetaire. — Vraiment? dit un autre. Où se la procure-t-on ? — Comment vous trouvez-vous, madame ? Ce *le* ne vous a-t-il point indisposée? — Autant que vous, madame. Ce *le*, se peut-il souffrir ?

De quelle étrange image on est par lui blessée!...

Et M. Boursault, qui a des tablettes, griffonne entre deux piliers, pendant que le parterre, en belle humeur, lance aux loges des quolibets, auxquels les laquais et les pages, ces pestes du théâtre, mêlent quelques lardons. La pièce tourne à la bataille; mais le peuple est pour Molière; il ne doit pas être inquiet.

Il reparaît en effet, intrépide; il n'est point, lui, de ces auteurs au faible cœur, qui tremblent et se dérobent; il paie de sa personne; il est constamment en scène, faisant son personnage entre ces deux rangs de marquis dont

il entend les murmures et dont les railleries le
couchent en joue. Cela ne le trouble point, et
il porte bravement sa pièce, faisant tête tour
à tour aux loges, aux galeries et au théâtre.
Aux connaisseurs en courage d'apprécier
celui-là.

Il rentre donc, et dès ses premiers mots sou-
lève une inimitié nouvelle. — Tout s'est passé
comme le voulait Arnolphe. Horace est con-
fondu, Agnès lui a jeté la pierre, et le jaloux
veut préparer la petite à l'honneur des noces
qu'il lui prépare; à cet effet, et en attendant
le notaire, il lui fait un ample et mirifique
discours sur les devoirs du mariage et la
condition subalterne où gît la femme en la
société;

Du côté de la barbe est la toute-puissance. ..
Et ce que le soldat, dans son devoir instruit,
Montre d'obéissance au chef qui le conduit,
Le valet à son maître, un enfant à son père,
A son supérieur le moindre petit frère,
N'approche point encor de la docilité,
Et de l'obéissance et de l'humilité
Et du profond respect où la femme doit être
Pour son mari, son chef, son seigneur et son maître !

Et la pauvre petite ne sait où se fourrer quand ce barbu tout-puissant lui parle des chaudières bouillantes

Où l'on plonge en enfer les femmes mal vivantes.

Quand il a clos ce sermon, en l'invitant à faire la révérence, comme en passant devant le sacrement, il lui fait lire, pour sa gouverne, un joli petit moisi livret, dirait maître François, destiné à être son unique entretien, et qui renferme

> *Les maximes du mariage*
> *ou les devoirs de la femme mariée...*
> *avec son exercice journalier...*

Tout cela est le développement naturel du caractère d'Arnolphe ; il n'est point de libertin ayant pris sa retraite et entré au giron du mariage qui n'ait, pour sa défense et le morigènement de sa moitié, appelé au secours la religion et le diable ; le bon de l'Eglise, disent-ils, c'est qu'elle occupe nos femmes et les range au devoir. Mais ceux qui cabalent contre Molière ne veulent point entendre la raillerie ;

ils feignent de voir un sacrilège dans ces extravagances d'Arnolphe; on murmure dans des coins où nous n'avions vu personne encore; des personnages, de noir vêtus, crasseux et mal en point, s'y révèlent par des effarouchements pieux et des yeux de côté; et les mains ne se contentent plus de se lever au ciel, j'en vois qui esquissent des signes de croix. Ecoutez comme le murmure gagne : — Cela est choquer nos mystères!... Tourner la religion en ridicule!... Où s'arrêtera cette fureur?... N'at-il de respect pour rien?... Et plus bas encore : — Je vous le disais bien qu'il avait épousé sa fille!

Mais cet orage sous terre ne semble pas étonner le comédien. Il va, soutenu par les applaudissements du parterre; et le parterre c'est la bonne moitié de la salle; la pièce continue, hardie, grosse de verve. Agnès est rentrée, et voici Horace qui revient. Arnolphe est en humeur de rire; il plaint l'amoureux qu'il suppose déconfit; il le plaint, l'hypocrite, et le raille, entre cuir et chair: Un grès! comment? on vous a jeté un grès?

Diantre ! ce ne sont pas des prunes que cela ?

Et feignant de l'intérêt, protecteur et goguenard : Bah ! bah ! la fille vous aime, vous vous raccrocherez. Il ne croit pas si bien dire : et l'étourneau de blondin lui confie avec admiration

Un trait hardi qu'a fait cette jeune beauté
Et qu'on n'attendrait point de sa simplicité.

L'amour est un grand maître : il a donné de l'esprit à Agnès. Cette pierre, ce grès, vous m'entendez bien ?

Avec un mot de lettre est tombée à ses pieds.

Une lettre ! une lettre d'Agnès ! ne trouvez-vous pas cela plaisant, seigneur Arnolphe ?

ARNOLPHE

Oui, fort plaisant.....

HORACE

— Non, vous n'en riez pas assez, à mon avis...

ARNOLPHE

Pardonnez-moi, j'en ris tout autant que je puis.

Il n'a pas fini de rire : Horace la lui lit, cette lettre, et la lettre est charmante, et Arnolphe sganarellisé n'en est que plus furieux :

Hon ! chienne !

dit le brutal.

HORACE

Qu'avez-vous ?

ARNOLPHE

> Moi ? rien. C'est que
> [je tousse.

L'amoureux lui veut faire admirer ce fond d'âme, admirable en effet, que révèle chaque mot du billet; Arnolphe n'y entend qu'une chose : c'est qu'il avait bien raison de ne pas vouloir qu'Agnès apprît à écrire; voilà à quoi lui sert cet art funeste ! Et n'y tenant plus, las de réprimer sa bile à force de contorsions, il prend congé. Que va-t-il faire ? Il ne sait; il enrage et surtout d'aimer, car il aime, et se l'avoue, comme un sot. Le troisième acte le laisse en cet état, sur le point d'entrer chez Agnès, pour voir sa contenance après un trait si noir. — Et le bruit reprend de plus belle, du parterre aux galeries ; la division se marque plus fort que jamais, entre le commun public, ravi des amours d'Agnès et passionnément désireux de savoir comment elle échappera à son bec-cornu, et le beau monde, mêlé d'auteurs et de dévots, qui crie au scandale et invoque Dieu et les sergents, — d'autant plus altérés que le succès se prononce et qu'ils sentent Molière, auteur et acteur, tout près de gagner la partie.

— Il a pillé Scarron ! dit l'un.

— Straparole ! ajoute l'autre.

— Dorimon ! renchérit un troisième.

— Qu'est cela, Dorimon ?

— Vous ne connaissez pas Dorimon, l'auteur de cette pièce de l'an passé, *l'Ecole des Cocus* ? c'est un de nos bons esprits.

— Il les pille tous !

— Ceux-là et les autres ! Il a acheté à la veuve de Guillot Gorju toute une valise de manuscrits ! c'est de cette valise qu'il tire ses pièces !

— Vous êtes sûr ?

— Je le tiens de M. Somaize.

— Tout cela n'est que plate bouffonnerie. Si ce genre triomphe, tout est perdu ; nous allons devenir l'opprobre des humains !

— C'est un athéiste ! Il drape les dix commandements ! Il mettra en scène les sept péchés mortels...

— On en a brûlé pour moins que cela.

— Et Monsieur patronne cette troupe !

— Oh ! il est censé leur faire une pension, mais il ne la paie pas.

— Silence donc ! crie le parterre. On a commencé.

C'est encore Molière qui rouvre le quatrième acte ; et, tout entier à son rôle, il nous peint Arnolphe rongeant son frein, jaune de bile, tantôt poussant de pitoyables soupirs, tantôt crossant du pied, cherchant où décharger son courroux, et à chacune de ces inflexions plaisantes, et de ces brusques changements d'intonation, où il excelle, et que ses rivaux traitent d'affectation, la gaîté se communique et s'accroît. Arnolphe a vu Agnès et elle était tranquille : hé oui, tranquille ; elle le tue, et

n'a pas l'air d'y toucher! il n'en revient pas.
Que faire cependant ? Il l'aime, il faut sortir
de là. Il cherche dans sa tête, si absorbé,
qu'il ne voit ni n'entend le notaire, et qu'il
s'en suit une longue scène de coq-à-l'âne, dont
le public se réjouit, et qui met le sceau au
succès. Puis le jaloux s'assure de ses valets,
il les style, leur fait répéter la façon dont ils
chargeront Horace, s'il se présente; il médite
de soudoyer pour espion le savetier du coin;
il veut redoubler de précautions...

Le nigaud ne sait rien. Il eût admiré bien
davantage la sécurité d'Agnès s'il eût su que
pendant qu'il était chez elle, marchant à
grands pas, ruminant, grondant, cassant les
porcelaines et donnant force coups de pied au
petit chien, — Horace, lui, était dans l'armoire,
où, sur le point d'être surprise, Agnès, qui
l'avait appelé du balcon, l'avait vivement en-
fermé au *triquetrac* des pas d'Arnolphe sur les
degrés... Mais, comme de coutume, c'est encore Horace qui lui raconte la scène; Horace
qui le croit toujours son ami, ne l'ayant, de
son étui, ni vu, ni entendu parler... et Horace

lui en confie bien davantage ; ce soir il enlève Agnès ; il y suffit d'une échelle, Agnès ouvrira la fenêtre, et tous deux prendront la volée. Ainsi dit l'amoureux, affolé de joie, et il s'enfuit, chercher l'échelle, sans doute. Voilà Arnolphe plus bas que jamais.

Pour comble, son compère du premier acte, l'excellent Chrysale, survient pour le souper où Arnolphe l'avait invité, et maintenant le désinvite ; et le bonhomme, qui est de lignée gauloise, entame derechef la question du matin, celle inépuisable du *cocquaige* ; et il fait le panégyrique de cette condition, pleine, à ce qu'il assure, de compensations merveilleuses et enviables à bien des maris. L'on pense comme Arnolphe l'écoute. Cela ne fait que l'animer davantage ; et, le compère aussitôt renvoyé, il court s'armer, lui et ses valets, de bâtons bien en main, dont ils accueilleront Horace sur son échelle, à l'heure propice.

Ils n'y manquent pas. Horace est culbuté par ce lourdaud d'Alain ; il tombe sur la place, et les complices le croient mort ; les voilà, épouvantés, qui se retirent... Mais à vingt ans, on ne se laisse pas ainsi déferrer l'âme du corps; et comme Arnolphe est à songer, Horace encore une fois reparaît à ses yeux. La Providence, qui veut qu'Arnolphe soit berné selon ses mérites, prend toujours soin de lui adresser le jeune éventé : et instruit par lui de toutes choses, ce routier de la galanterie ne peut cependant parer aux ruses naïves d'une innocente ! Horace donc lui raconte comment Agnès est venue aussi voir s'il était mort; et quelle joie elle a fait éclater, à voir qu'il n'en était rien; et que, ne voulant plus retourner chez soi, elle s'est commise à la foi du jeune homme, ne sachant quels périls elle court, par la faute de celui qui l'a tenue ignorante; et qu'en attendant qu'Horace, qui la veut épouser honnêtement, ait préparé son père à ce mariage, il faut trouver asile chez quelque ami; et que cet ami, ce sera Arnolphe, à qui Horace va remettre la petite, s'il y consent...

S'il y consent ! cela ne se demande pas. Le traître, bénissant ce coup de fortune, se cache dans son allée, s'enveloppe le nez dans son manteau, et prend la main d'Agnès, qui ne le reconnaît point. Les deux enfants — ils le sont par la confiance et la pureté de cœur — se font de touchants adieux, qu'Arnolphe abrège en tirant Agnès par la manche... Horace s'en va; et la grande scène, que Molière a si bien su faire attendre, commence enfin, admirable de vérité humaine et de force comique.

L'homme attaque, naturellement; il est le plus fort; il raille, il nargue, il contrefait l'innocente, il l'insulte, le brutal :

Ah! ah! si jeune encor, vous jouez de ces tours !
Votre simplicité qui semble sans pareille,
Demande si l'on fait les enfants par l'oreille,
Et vous savez donner des rendez-vous la nuit !...
Vous ne craignez donc plus de trouver des esprits ?..
Il faut qu'on vous ait mise à quelque bonne école!

Et éclatant en injures grotesques :

Ah! Coquine !...
Petit serpent que j'ai réchauffé dans mon sein...
Et qui, dès qu'il se sent, par une humeur ingrate,
Cherche à faire du mal....

La pauvre enfant a grand peur tout d'abord ;
mais elle sent son droit, cela la rend forte,
et elle tient bravement tête. — Pourquoi me
criez-vous ? dit-elle.

Je n'entends point de mal à tout ce que j'ai fait.

Horace me veut pour femme,

> ... Et vous m'avez prêché,
> Qu'il se faut marier pour ôter le péché.

— Oui, dit Arnolphe, enrageant; mais je
voulais vous épouser, moi.

— Ah ! repart l'enfant, vous, ce n'est pas la
même chose ; vous faites le mariage terrible ;
lui,

> ... Il le fait si rempli de plaisirs
> Que de se marier, il donne des désirs.

— Ah ! c'est que vous l'aimez ! gronde le
jaloux.

Et elle, toujours tranquille, opposant à ses
invectives de Cassandre des mots tout divins :

> Oui, je l'aime !...

— Le deviez-vous aimer, impertinente ?

                              — Hélas !
Est-ce que j'en puis mais? Lui seul en est la cause
Et je n'y songeais pas lorsque se fit la chose...

   D'ailleurs,

.... Quel mal cela peut-il vous faire ?
   — Il est vrai, j'ai sujet d'en être réjoui !
Vous ne m'aimez donc pas, à ce compte ?
                              — Vous?
                              — Oui.
— Hélas ! non !
                 — Comment, non !
                 — Voulez-vous que je mente?
—Pourquoi ne pas m'aimer, madame l'imprudente?
--Mon Dieu ! Ce n'est pas moi que vous devez blâmer.
Que ne vous êtes-vous comme lui, fait aimer !
Je ne vous en ai pas empêché, que je pense...

   Qu'a-t-il à répondre ?... Qu'il a fait ce qu'il
a pu : qu'il n'a pas réussi. Et elle, alors, ache-
vant d'un coup ce roué, qui se flattait de
connaître toutes les rubriques :

Vraiment ! il en sait donc là-dessus plus que vous ;
Car à se faire aimer il n'a pas eu de peine.

   Et voilà Arnolphe forcé de confesser à part
que là-dessus aussi,

Une sotte en sait plus que le plus habile homme!

Ah! pauvre sot toi-même, qui ne veux pas comprendre que c'est tout simplement que le cœur a plus d'esprit que l'esprit!

Mais il a perdu le sens, il se ravale à lui reprocher l'argent qu'il a dépensé pour elle : Horace vous rendra tout, fait-elle. — Et les obligations que vous m'avez, les soins que j'ai pris de vous?... — Oh! comme Agnès le rabroue là-dessus! Ne sait-elle pas bien qu'elle est une bête, et par sa faute à lui ? Si Horace l'en guérit, elle devra beaucoup plus à Horace qu'à Arnolphe, qui l'a laissée une sotte.

Quand il entend cela, et devine le travail qui s'est fait dans cette franche petite tête, le lourdaud s'emporte : peu s'en faut qu'il la batte...

Et quelques coups de poings satisferaient son cœur.
— Hélas! vous le pouvez, si cela peut vous plaire,

dit l'enfant; et cette douceur fait qu'il n'ose; et tout en pestant, et comme si en ne rompant pas de coups l'innocente, il eût fait acte méritoire, il offre la paix; il consent à pardonner

le mal dont il est l'auteur; en retour il demande
qu'on l'aime. — Hélas! elle le voudrait du
meilleur de son cœur, mais quoi! elle ne
peut. — Force-toi, lui dit-il. Et voilà notre
homme qui fait la bête, il se jette à genoux,
aussi grotesque dans sa soumission que tout à
l'heure dans son courroux :

Mon pauvre petit bec, tu le peux, si tu veux.
Ecoute seulement ce soupir amoureux,
Vois ce regard mourant. Contemple ma personne
Et quitte ce morveux et l'amour qu'il te donne.
C'est quelque sort qu'il faut qu'il ait jeté sur toi,
Et tu seras cent fois plus heureuse avec moi.
Ta forte passion est d'être brave et leste.
Tu le seras toujours, va, je te le proteste,
Sans cesse, nuit et jour, je te caresserai,
Je te bouchonnerai, baiserai, mangerai;
Tout comme tu voudras tu pourras te conduire;
Je ne m'explique point, et cela, c'est tout dire.
(*A part.*) Jusqu'où la passion peut-elle faire aller!
(*Haut.*) Enfin à mon amour rien ne peut s'égaler :
Quelle preuve veux-tu que je t'en donne, ingrate?
Me veux-tu voir pleurer? Veux tu que je me batte?
Veux-tu que je m'arrache un côté de cheveux? —
Veux-tu que je me tue? Oui, dis, si tu le veux,
Je suis tout prêt, cruelle, à te prouver ma flamme.

Hélas ! tout ce qu'il fait là, Horace au
désespoir le ferait comme lui, mais il a vingt
ans, et ce serait touchant et pathétique ;
Arnolphe en a quarante-deux, il est absurde
et ridicule ; et Agnès, qui l'a docilement écouté,
dans les meilleures intentions du monde,
exprime l'avis du public quand elle dit :

Tenez, tous vos discours ne me touchent point l'âme;
Horace avec deux mots en ferait plus que vous.

Et c'est au milieu des rires qu'Arnolphe
reçoit cette nasarde. Ah ! comme Molière joue
cette scène ! Et qui résisterait à ces sons filés,
à ces larmes niaises, à ces postures étourdissantes ? Et tout cela est la vérité même, mais
grossie comme dans ces miroirs où l'on ne
peut se regarder sans pouffer de soi-même ;
les délicats crieront à l'outrance ; les céladons
à la profanation ; le parterre s'abandonne
bonnement, lui ; Molière veut qu'il rie, il rit.
Et la partie est gagnée. La pièce court à sa
fin, portée sur la bonne humeur de tous ;
Arnolphe se relève exaspéré, fait enfermer

Agnès, trahit Horace qui vient le prier d'intercéder pour lui près de son père... Aussi quelle joie lorsqu'on voit le dénouement tourner contre le traître ! Il veut que ce père marie promptement Horace : le père y donne les mains, mais c'est à Agnès qu'il le marie; et Agnès, par un de ces coups du ciel qui se produisent toujours à la fin d'un cinquième acte, se trouve aussi avoir un père, qui la revendique, toujours pour la donner à Horace, et qui paiera Arnolphe, qui pis est... Sous cette pluie de camouflets célestes, notre homme n'en peut plus, il ne trouve rien à dire, il s'en va, comme un homme assommé, avec un « Ouf ! » qui est son dernier soupir...

È finita la commedia !

Grande rumeur. On ne s'en va pas pourtant. On sait que Molière va reparaître; car il est *l'orateur* de sa troupe; en cette qualité c'est lui qui fait l'annonce du prochain spectacle. Dans la presse des marquis debout et gesticulant, le voici, en effet, qui fait sa révérence au public : il est pâle sous son fard; il y a

du tremblement dans sa voix, tout à l'heure
si ferme et si chaude : c'est l'homme cette
fois qui vient à nous. Des applaudissements
s'élèvent au parterre, aux galeries ; les loges
font grise mine : sauf Ninon, — sauf quelques
belles encore ; et des manants à face suspecte
font voler quelques pommes sur les planches.
Il n'en est pas ému. (A *l'Amour médecin*, il
recevra jusqu'à des pipes cassées.) Il fait son
annonce et point de harangue, bien qu'il
aime l'éloquence : vendredi prochain, vingt-
neuvième jour de décembre, nous aurons encore l'*École des Femmes*. Et là-dessus il se re-
tire : derrière les coulisses, la de Brie l'embrasse, puis la petite Marotte et Mlle Molière
elle-même.....

Et voici les spectateurs qui remplissent les
couloirs ; cris de laquais, lazzis, les marquis s'in-
terpellent : « Tarte à la crême ! » ricane l'un,
« Ouf ! » s'exclame l'autre. Les auteurs s'indignent au nom des règles, les dévots au
nom de la morale ; les uns invoquent Aristote, les autres citent les Pères de l'Eglise,
et le traité des spectacles de saint Cyprien,

et la première catéchère mystagogique de
saint Cyrille. Il est fort tard, sept heures
au moins, la nuit est profonde, les porteurs
de lanternes éclairent la montée en car-
rosses ou en chaises; les seigneurs prennent
congé des dames, les plumes balayant la
terre ; touche chez Arthénice ! Touche chez
Scudéry ! On s'en va caqueter dans les ruelles;
d'autres, de Visé, par exemple, courent à
l'hôtel de Bourgogne, raconter la pièce aux
grands comédiens renfrognés. Le Périgourdin remercie son voisin, l'obligeant Parisien,
qu'il croit quelque docteur pensionné, et qui
n'est qu'un mercier de la rue Saint-Denis,
amateur de théâtre, qui, à toutes les premières,
se cotise avec trois ou quatre voisins pour
offrir une loge à leurs femmes et s'offrir le
parterre à eux-mêmes. Et peu à peu le bruit
s'efface; quelques discussions attardées sous
les arcades : — La pièce fera fureur ! — C'est
un scandale ! — Molière est un génie ! —
Molière est un farceur ! — Un doucereux in-
tervient, et d'un air impartial : — Il faut tomber d'accord, dit-il, que si Molière n'a ni les

rencontres de Gautier-Garguille, ni les impromptus de Turlupin, ni la bravoure de Capitan, ni la naïveté de Jodelet, ni la panse de Gros Guillaume, ni la science du Docteur, il ne laisse pas cependant de plaire quelquefois et de divertir en son genre... Puis, on se quitte sur ce mot : « Nous verrons ce que dira Chapelain ». Et en chemin nous heurtons le jeune Despréaux, qui, déjà, l'air satisfait, s'en va monologuant les vers que cinq jours plus tard il enverra pour étrennes à Molière :

> En vain mille jaloux esprits,
> Molière, osent avec mépris
> Censurer ton plus bel ouvrage,
> Sa charmante naïveté
> S'en va pour jamais d'âge en âge
> Enjouer la postérité......

Voilà à peu près comme on peut se figurer la première de l'*Ecole des Femmes*. Les suivantes, on le sait, ne furent pas moins mouvementées. Les précieuses, appuyées des auteurs et des comédiens, essayaient leur revanche ; et les dévots se mirent de la partie;

sous l'étincelante cour du jeune roi, ils creu-
saient déjà les sapes par où ils devaient plus
tard s'introduire dans la place. Il y avait une
fureur de conversions : Mme de Longueville
se mettait à pleurer ses fautes ; elle avait fort
à faire. M. de Rancé allait fonder la Trappe.
Le prince de Conti, l'ex-condisciple, ami et
protecteur de Molière, se brouillait avec lui et
préparait le livre curieux où il devait, à l'occasion même de l'*Ecole des Femmes*, le vouer
aux vengeances célestes. Toute cette coalition
ne put nuire à la pièce, surtout après que le
roi se la fut fait jouer, le jour des Rois justement, le 6 janvier, et qu'elle l'eut fait rire,
dit le véridique Loret, *à s'en tenir les côtes*. On
continua, certes, à la fronder ; mais il vint
tant de monde

> Que jamais sujet important
> Pour le voir n'en attira tant,

continue le bon gazetier ; il avoue d'ailleurs
que la chose mérite d'être vue, à cause des
naïvetés d'Agnès, et il conclut avec prudence :

Voilà dès le commencement
Quel fut mon propre sentiment;
Sans être pourtant adversaire
De ceux qui sont d'avis contraire.....

Si le roi était pour, en effet, le grand Condé paraissait très réservé ; le prince d'Enghien était contre. Le sujet passionnait la ville et la cour; Molière allait jouer sa pièce chez le comte de Soissons, chez le duc de Richelieu, chez Colbert, chez la maréchale de l'Hospital ; les vacances de Pâques interrompirent seules le succès.

C'est à ce moment que Molière fut couché sur l'État pour une pension de mille livres. Même chiffre que Corneille le Jeune, cinq cents livres de moins que Benserade, entre lesquels il figure sur la liste, beaucoup plus bas que Desmarets, *ce fertile génie*, et le sieur Chapelain, *le plus grand poète français qui ait été*, et le mieux renté certes, puisqu'il eut, lui, 3,000 livres. Il n'importe : la libéralité du roi fut précieuse à Molière, pour l'effet moral qu'elle produisit; on ne voulait voir en lui qu'un acteur, un bouffon de tréteaux ; il fallut bien désormais le prendre pour ce que disait le Grand-Livre : *un excellent poète comique*. Il se sentit encouragé et lança, le 1er juin, sa *Critique de l'Ecole des Femmes*.

Sa femme parut; c'était la première fois qu'elle jouait dans une pièce de lui ; et ce fut pour le défendre, puisqu'elle eut le rôle si parisien d'Elise, la spirituelle moqueuse. Armande était à ce moment dans une situation intéressante ; mais les actrices d'alors semblent avoir pris cet accident avec plus de philosophie que de nos jours, et Mlle Beauval, qui eut plus tard tant de succès dans *Georgette*, eut consécutivement vingt-huit indispositions de ce genre, sans que cela l'arrêtât dans sa carrière. — Il est vrai que c'était de son mari, à ce que dit l'histoire.

La *Critique* porta au comble le déchaînement contre Molière. Je n'ai pas l'intention d'analyser ce petit chef-d'œuvre, qui, dans ses vingt pages, nous en dit plus que les plus gros livres sur la société polie de ce temps, — comme aussi sur l'art du théâtre ; car Molière y a mis son esthétique, marquée au coin de son admirable bon sens.

Il courut de la pièce des clés imprimées, où l'on donnait les noms des personnages qu'il avait joués. On sait comment se vengea ce La Feuillade, l'homme de *Tarte à la crême*, qui, faisant mine d'embrasser Molière, lui mit le visage en sang contre les boutons de son habit. Cela mit en joie ceux qui, n'étant pas ducs et pairs, n'osaient se frotter au valet de chambre du roi ; et les pièces des Villiers, des Visé, qui font allusion à ce haut fait, invitent clairement à quelque chose de pis.

Les marquis, raillés par Molière, se montrèrent pourtant gens d'esprit ; ils rirent, et toutes les excitations des précieuses ne purent déterminer ces turlupins contents d'eux-mêmes à bâtonner l'impertinent ; mais les auteurs ne furent pas de si facile composition.

D'abord parut *Zélinde*, la *Contre-Critique de l'Ecole des Femmes* ; œuvre de lourde digestion, que les grands comédiens, bien qu'elle fût écrite pour eux, et peut-être par l'un d'eux, ne voulurent pas jouer, sûrs qu'elle tomberait. Ils se rattrapèrent sur le *Portrait du Peintre,*

dont ils firent grand bruit, laissant à entendre
que Corneille même, le vrai Corneille, y avait
travaillé ; ce qui est faux d'ailleurs, bien qu'à
ce moment Corneille ressentît en effet quelque chagrin de voir sa muse altière éclipsée
par la muse gaillarde du génie nouveau venu.
Le *Portrait du Peintre* eut du succès. C'est
exactement la contre-épreuve de la *Critique* ;
les rôles ridicules y sont dévolus aux parti-
sans de Molière, voilà tout, et Molière a dit
juste : « Ils ont retourné ma pièce comme un
habit pour faire la leur ». Il eut la bonté
grande d'aller la voir. Et ce fut, dit l'auteur
des *Amours de Calotin*, — une des dernières
pièces faites dans cette mémorable campagne,

> Ce fut un charme sans égal
> De voir là la copie et son original.
> . . . .
> Quelqu'un lui demanda : Molière, qu'en dis-tu ?
> Lui, répondit d'abord de son ton agréable :
> Admirable, morbleu ! du dernier admirable !

Et il fit en effet ce qu'il put pour rire ; mais
il n'y avait pas beaucoup de quoi. Les plus

fortes plaisanteries de la pièce roulent sur le *ouf* d'Arnolphe, et le *le* d'Agnès. Oh ! sur le *le*, nos gens sont intarissables. Ce *le*, dit la précieuse de Boursault :

..... C'est une chose horriblement touchante ;
Il m'a pris *le*... ce *le* fait qu'on ouvre les yeux.

LE COMTE.
Oui, ce *le*, Dieu me damne, est un *le* merveilleux.

ORIANE
A le revoir, pour moi, je serais toute prête ;
Ce *le* toute la nuit m'a trotté dans la tête.
Ma chère, aussi, ce *le* charme tous les galants.

LE COMTE
En effet, j'en vois peu qui ne donnent dedans.
La beauté de ce *le* n'eut jamais de seconde.

CLITIE
Il est vrai que ce *le* contente bien du monde ;
C'est un *le* fait exprès pour les gens délicats.

Après le *Portrait du Peintre*, et presque en même temps, parut le *Panégyrique de l'Ecole des Femmes*, un acte en prose, qui est, paraît-il, d'un certain Robinet, gazetier comme Loret. La pièce, sournoisement hostile à Molière,

n'offre de remarquable qu'une théorie d'un
de ses personnages, qui bat en brèche l'*Ecole
des Femmes*, en soutenant que c'est une pièce
tragique, à cause du désespoir d'Arnolphe et
du *ouf* par lequel il tâche d'exhaler la douleur
qui l'étouffe. — Dans une autre pièce encore,
la Guerre comique, on donne une autre raison du
caractère tragique de l'*Ecole des Femmes*, c'est
la mort du petit chat, qui ensanglante la scène.

Cependant Molière avait publié, à l'occasion
de sa pension, le *Remerciement au Roi* qu'on
trouve dans ses œuvres, en tête ou en queue
de la *Critique* : un morceau pétillant, d'un entrain de gaieté qui ne respecte rien, et que je
regrette bien de n'avoir pu dire encore, à la
Comédie-Française, à quelque anniversaire.
Le roi, que cette guerre de plume amusait
comme une autre, lui commanda une réplique
à la pièce de Boursault. Molière l'improvisa
en moins de huit jours.

Sa facilité était admirable ; il y en a dans le
registre de La Grange un exemple curieux, qui
semblerait faire remonter jusqu'à lui l'invention de ce qu'on appelle au théâtre les *scan-*

dales, — si le *scandale* n'était, par essence, aussi ancien que le théâtre même. Un jour qu'on jouait par ordre, à Versailles, une pièce de Mme de Villedieu, — une aventurière fameuse par ses deux maris bigames et par ses duels, et qui avait été, en un temps, de la troupe même de Molière, — ce jour-là donc, Molière en verve improvisa à la pièce un prologue, où il fit un marquis ridicule qui voulait prendre place sur le théâtre malgré les gardes, — j'ai dit que chez le roi cela n'était pas toléré ; — et il eut une conversation comique avec une actrice qui fit la marquise ridicule, placée au milieu de la noble assemblée. — Quel dommage que ces impromptus n'aient pas été recueillis, comme ces autres fantaisies, aux titres affriolants, *le Fagoteux, le Grand Benêt de fils aussi sot que son père,* qui sont mentionnées dans le même temps, et où nous eussions surpris l'invention de Molière en déshabillé, et sa muse, comme dit la chanson, un pied chaussé et l'autre nu !

L'*Impromptu de Versailles,* du moins, nous est resté, cet *impromptu,* où, mettant bravement les coulisses sur la scène et se livrant tout entier, poitrine ouverte, il fit si rude guerre à ses ennemis, osa parodier ses sacro-saints confrères et proclama, si haut et si fier, la supériorité de son art.

Ce fut chez les comédiens une belle colère; j'en rougis encore après deux siècles. Mais nous sommes devenus meilleurs, Dieu merci. Villiers écrivit la *Vengeance des Marquis*, encore un méchant petit acte insupportable; et Montfleury le fils, à l'instar de Rodrigue, épousant la querelle de son père, un peu écorné par Molière, lança l'*Impromptu de l'Hôtel de Condé*, où il y a quelque talent : c'est de là qu'on tire le portrait, si souvent cité, de Molière dans les rôles tragiques, le nez au vent, la tête sur le dos, la perruque pleine de lauriers comme un jambon de Mayence. Mais cette vengeance parut trop lénitive à Montfleury le père, ce gros homme entripaillé, qui faisait le fier, au dire de Cyrano de Bergerac, parce qu'on ne pouvait pas le bâtonner tout entier en un jour. Montfleury couronna la campagne par une infamie grosse comme lui :

il présenta au roi une requête dans laquelle il accusa ouvertement Molière d'avoir épousé sa fille.

. On sait la réponse de Louis XIV : le 28 février 1664, l'enfant né à Molière six semaines auparavant était tenu sur les fonts de baptême par le duc de Créquy, tenant pour Louis quatorzième, roi de France et de Navarre, et par la maréchale du Plessy, tenant pour Mme Henriette d'Angleterre, duchesse d'Orléans.

On peut dire, j'en conviens, que pour être grand, l'honneur n'était pas très rare : et que le fils d'Arlequin aussi fut le filleul de Louis XIV ; on peut ajouter, je ne l'ignore pas non plus, qu'en protégeant Molière, Louis XIV, à qui échappait l'ampleur de son génie, avait en vue surtout l'infatigable inventeur d'intermèdes et de ballets, qui contribuait si admirablement à l'éclat des fêtes de Versailles ; mais quels qu'en fussent les motifs, cette protection du roi couvrant le comédien si venimeusement accusé fait honneur à tous deux : et la postérité ne doit pas trop la chicaner, puisque c'est à elle que

nous devons cet éternel bienfait : à savoir,
moins de trois mois après, l'apparition du
Tartufe (mai 1664).

Mais il faut que je m'arrête ici : l'amour de
mon sujet ne m'a que trop entraîné déjà. —
J'espère d'ailleurs, toucher prochainement un
mot de cette histoire, dans une autre conférence
sur le chef-d'œuvre que je viens de nommer.

Aujourd'hui, nous causons de l'*École des Femmes*, restée, après deux cent vingt ans, la plus
jeune des quatre grandes pièces de Molière.
C'est que, comme le *Tartufe*, elle est toujours
en situation. La question femmes en France
est toujours brûlante ; et tant que nous serons
du monde, — grâce à elles, — elles occupe-
ront et dérangeront nos meilleurs esprits.
Molière a toujours été soucieux de ce grand
problème : leur éducation ; et aux deux bouts
de sa carrière, l'*École des Femmes* et les *Femmes
savantes* se font la réplique : cela d'ailleurs,
quoiqu'il en semble, sans se contrarier aucu-
nement. Il y a plus de maturité dans les
Femmes savantes ; mais il n'y a pas moins de
profondeur dans la générosité de l'*École des*

Femmes. — Arnolphe, Horace, Agnès, sont des types impérissables, entrés pour jamais dans notre vie de tous les jours ; et leur histoire, mise à la scène avec tant de hardiesse et de passion, était une des admirations les plus vives de l'homme de notre temps qui s'est le plus trouvé de la famille de Molière, — de Balzac.

D'abord, et n'en déplaise à Aristote, la pièce est bien faite. Il n'y a rien d'amusant comme cette éternelle confidence de l'amoureux au jaloux. Tous ces récits sont si vivants, si gais, si colorés, que l'action même produirait dix fois moins d'effet. Supposez que ce soit sous nos yeux qu'Agnès surprise enferme Horace dans l'armoire ; qu'y aura-t-il là de si piquant ? Mais qu'Horace, sorti de l'armoire, raconte le fait à Arnolphe, qu'il n'a pas vu, naturellement, mais qu'il a entendu soupirer, quereller le chien et se décharger sur les porcelaines, voilà la comédie, voilà l'imprévu, voilà le rire. Et ces monologues d'Arnolphe ! Il en a douze, bien comptés, dont la plupart fort longs : et pas un qui se répète ! Douze monologues ! Qu'est-ce qu'on disait donc, que c'est

Cadet qui les a inventés? Il faudra lui faire jouer la pièce ; il y a de quoi grossir son répertoire, et j'espère que ce jour-là, quoique ennemi du genre, M. Sarcey ne dédaignera pas de lui prêter l'oreille.

Et dans quel style ils sont écrits, ces récits et ces monologues ! La bonne et savoureuse langue, grasse et fondante, toute bourgeoise et toute populaire, et comme dit le patron Rabelais, dont nulle part Molière ne s'est tant rapproché, légère au pourchas et hardie à la rencontre ! Les académistes reprochaient à Molière ses barbarismes, ses incorrections, et les libertés qu'il se donnait d'inventer de nouvelles expressions; mais c'est tout cela, avec le vieux fonds de farce et de fabliau que La Fontaine allait piller aussi, c'est tout cela qui donne à son style cet éclat si franc, cette saine richesse et ce *cossu* qu'y admirait Sainte-Beuve.

Et cette langue est bien l'expression de sa pensée, large, vaillante et généreuse, et humaine jusqu'à la prodigalité. Ce grand railleur, quoi qu'on en ait dit, est le contraire d'un Hamlet : l'homme le réjouit, et la femme aussi. Il est pour la nature, pour la liberté du cœur, pour la jeunesse ; en un mot, il est pour Horace, il est surtout pour Agnès, et contre Arnolphe, par conséquent.

Cela n'a pas empêché de soutenir qu'il s'y était peint ; et là encore, comme pour le *Misanthrope*, je rencontre une théorie courante, et qui est chose sacrée pour certains admirateurs de Molière, de très bonne foi d'ailleurs. Arnolphe a l'âge de Molière ; il est le tuteur d'Agnès ; il l'aime ; il est jaloux ; il n'est pas aimé : cela suffit : Arnolphe est Molière ; et sans doute Agnès est Armande, et, car il faut être logique, Horace, cet Horace qu'avec tant d'impartialité, Molière a fait si charmant, Horace, ce sera cet impertinent abbé de Richelieu qui fut la première infidélité d'Armande.

Il suffit d'énoncer cette burlesque thèse : elle se réfute d'elle-même. D'ailleurs j'ai fait l'historique de la pièce ; et je n'ai qu'à rappeler que quand Molière composa sa pièce, il était en pleine lune de miel. Cette première infidélité, dont je viens de parler, ne date que de la *Princesse d'Élide*, qui est de 1664. Molière ne peut donc l'avoir pleurée en 1662. Je soutiens au contraire que dans toute cette guerre, dans la verve de l'*Ecole des Femmes*, dans les vives attaques de la *Critique*, dans les ripostes dédaigneuses, les parodies et les audaces de l'*Impromptu*, on sent partout la prestesse éveillée, l'éclat, l'entrain et les ressources d'un homme heureux.

Et pourquoi pas? Tout réussissait alors à Molière. Il avait conquis son public, il faisait de l'argent, il venait d'épouser la femme qu'il aimait, elle allait le rendre père, le roi le protégeait, lui livrait sa cour, il avait pour lui le champ... et le *soleil*.

On a voulu voir un aveu dans l'explosion :

Quoi ! j'aurai dirigé son éducation
Avec tant de tendresse et de précaution,
Je l'aurai fait passer chez moi dès son enfance,
Et j'en aurai chéri la plus tendre espérance ;
Mon cœur aura bâti sur ses attraits naissants
Et cru la mitonner pour moi pendant treize ans,
Afin qu'un jeune fou dont elle s'amourache
Me la vienne enlever jusque sous la moustache !

Mais ce n'est là qu'une rencontre, car rien ne diffère davantage que l'éducation d'Agnès et l'éducation d'Armande.

On le sait, du reste, celle-ci est celle que préconise le sage et excellent *Ariste* dans l'*École des Maris*, c'est-à-dire qu'elle est le contrepied de l'autre : Molière ne peut pourtant être ensemble Ariste et Arnolphe.

Faut-il le redire encore? Molière ne s'est jamais identifié avec ses créations. Je suis bien aise de rappeler que sur ce point où j'ai été si vivement critiqué, j'ai pour moi Sainte-Beuve à qui l'on ne refusera pas certes l'intelligence de Molière. « Il se sait autant que Montaigne, dit l'illustre critique, mais, comme lui, il ne s'observe pas toujours et surtout il ne se dépeint jamais. » Quoi de surprenant à cela?

> ... Un grand peintre, avec pleine largesse
> D'une féconde idée étale la richesse
> Et fait briller partout de la diversité...
> Mais un peintre commun trouve une peine extrême
> A sortir dans ses airs de l'amour de soi-même :
> De redites sans nombre il fatigue les yeux
> Et, plein de son image, il se peint en tous lieux.

Ainsi parle Molière lui-même, dans cet extraordinaire poème sur *la Gloire du Dôme du Val de Grâce,* qui prouve entre parenthèse quel amateur il était ; et ce n'est pas moi qui dirai de lui ce qu'il dit du peintre commun. Non ; le signe de la divinité, c'est la création : l'invention, voilà le signe du génie. Il n'y a de Molière dans les types de Molière que parce que *dans tous les cœurs il est toujours de l'homme !*

Mais pourquoi, me dira-t-on, tenez-vous tant à prouver que Molière ne s'est pas mis en scène dans ce ridicule Arnolphe, qu'il nous représente si gaîment berné par sa pupille, une innocente, et par ses valets, deux imbéciles ? Pourquoi j'y tiens ? mais parce que cette idée fausse, et comme vous le dites fort bien, si peu avantageuse à Molière, en a engendré une autre non moins incongrue : à savoir que ce rôle d'Arnolphe est un rôle tragique et qu'Arnolphe, c'est-à-dire Molière, doit nous faire pleurer au cinquième acte.

Hé oui ! cette idée étrange, émise par un ennemi de Molière dans un des plus sots pamphlets dialogués qu'ait fait éclore l'*Ecole des Femmes*, cette idée a été reprise plus tard par des gens qui se disent ses admirateurs ; et tandis que le sieur Robinet en prenait texte pour reprocher à Molière de ne pas savoir son métier, ces amis de Molière en prétendent, au contraire, tirer parti pour le faire admirer davantage.— D'après eux, le comble du génie, pour un poète comique, c'est de faire pleurer ; pour un auteur tragique, c'est probablement de faire rire.

Je le répète, l'idée n'est pas toute neuve. Il paraîtrait même que des acteurs s'y seraient trompés. Lekain, — le farouche *Orosmane*, —

« Le voilà donc connu, ce secret plein d'horreur. »

Lekain, le tragique incarné, rêva de jouer le rôle d'Arnolphe, prétendant que ce n'était pas faire une excursion dans un domaine étranger, mais rentrer dans un bien qui lui appartenait. Sans doute il réfléchit, car on ne voit pas qu'il ait jamais terrifié Agnès ni le public de ces *chaudières bouillantes* dont

Arnolphe la menace et qui sont si éminemment tragiques en effet. Pourtant l'idée survécut. Au beau temps du romantisme, elle passa article de foi. Gautier la mit en beau style et Provost la mit en action. Il fit un Arnolphe quasi touchant. Quel triomphe ! Il y a quelque temps, je voyais dans un roman de Claretie, d'ailleurs intéressant, *Le troisième dessous*, le récit de la mort d'un grand acteur, et ce grand acteur, au moment suprême est peint rassemblant ses forces défaillantes pour donner à son fils, acteur aussi, une leçon sur Arnolphe ; il lui apprend à le jouer au tragique, à quoi la circonstance l'aide beaucoup ; il meurt ensuite, extrêmement satisfait. Je n'en dirais pas autant de Molière.

Cet acteur-là n'est pas Talma, voilà ce qui me console ; car on proposa à Talma de prendre le rôle ; il l'étudia et le rendit, disant que dans cette fameuse scène du cinquième acte, quand même on pourrait tourner le reste au tragique, il y aurait toujours une indication qui l'empêcherait, lui, de comprendre ainsi Arnolphe ; c'était le vers :

Veux-tu que je m'arrache un côté de cheveux?

Et il avait raison. Ce vers est un trait de génie comique. Je vous défie de le prendre sur le ton noble. Vous pouvez dire en drame :

... A mon amour rien ne peut s'égaler.
Quelle preuve veux-tu que je t'en donne, ingrate ?
Me veux-tu voir pleurer? Veux-tu que je me batte?
Veux-tu que je me tue? Oui, dis si tu le veux,
Je suis tout prêt, cruelle, à te prouver ma flamme...

Mais si dans ces vers vous introduisez :

Veux-tu que je m'arrache un côté de cheveux ?

Il faut que vous changiez le ton, si vous voulez rester d'accord : parce que vous jetez dans le couplet la note comique, irrésistible- ment comique; parce qu'un homme, dans l'état d'esprit où est Arnolphe, ne dira pas :

Veux-tu que je m'arrache un côté de cheveux ?

s'il n'est un grotesque; parce qu'un amoureux véritablement éperdu, et, par conséquent,

touchant, ne proposera pas de s'arracher un
côté de toupet, laissant à entendre qu'il désire
garder l'autre côté pour une autre occasion ;
parce qu'en un mot le paroxysme de la passion, qui offre toujours deux faces, la face
ridicule et la face sublime, nous dévoile ici,
de par la volonté de Molière, la face ridicule,
et ainsi vous serez forcé de dire au comique :

> ... A mon amour, rien ne peut s'égaler.
> Quelle preuve veux-tu que je t'en donne, ingrate ?
> Me veux-tu voir pleurer ? Veux-tu que je me batte ?
> Veux-tu que je m'arrache un côté de cheveux ?
> Veux-tu que je me tue ? Oui, dis, si tu le veux,
> Je suis tout prêt, cruelle, à te prouver ma flamme.

Ah ! si vous aviez entendu dire cela par
Samson ! Je l'ai entendu, moi, dans un cours,
en chaire, c'est-à-dire sans costume, sans geste,
avec la tête seulement : mais cela suffisait et
vous aviez Arnolphe tout entier sous les yeux,
et Arnolphe comique, étourdissamment comique. Cela n'étonnera pas ceux qui savent quel
diseur était Samson. Il lui était donné, sous
ce rapport, une faveur rare : celle de réaliser

sa propre théorie, et cette théorie, — permettez-moi de m'y arrêter en passant, — c'était que tout, au théâtre, tient *à* la diction et *dans* la diction.

« Tout dire, tout indiquer, tout accentuer, tout faire entendre, exprimer l'homme tout entier, son éducation, ses travers, ses passions, avec ce souffle de la voix si uni, si égal en apparence, si merveilleux en réalité, si insaisissable dans la délicatesse de ses nuances qu'il n'existe pas de notation pour elles et qu'aucun instrument artificiel ne saurait les exécuter : c'était là qu'il voyait la perfection de son art, la science exquise du véritable comédien français[1]. »

Il affectait de dédaigner les autres parties de l'acteur, estimant que la diction les peut remplacer, tandis que rien ne la remplace; il trouvait d'un art grossier, par exemple, ces recettes faciles pour provoquer le rire, les entrées étourdissantes, les lazzi, les répétitions de mots, comme s'en permettait Monrose; Monrose disait :

---

[1] M. Ed. Thierry. — Discours prononcé sur la tombe de Samson.

> Et si dans la province
> Il se donnait en tout vingt coups de nerf de bœuf,
> Mon père pour sa part en emboursait dix-neuf.

Et répétait : *dix-neuf !* ajoutant ainsi deux syllabes à son vers et estropiant son auteur. Cela horripilait Samson, pour qui un acteur du Théâtre-Français n'est jamais assez littéraire. On sait s'il l'était, lui. Il faut dire qu'il sacrifiait tout à son art, même le goût des autres. Il n'entendait rien en peinture, non plus qu'en musique, et cela lui était égal. Il n'avait chez lui, en fait de tableaux, que deux portraits, l'un de Molière, l'autre de Corneille. — Mais, cher maître Samson, me hasardai-je à lui demander un jour, expliquez-moi donc pourquoi l'on ne voit dans votre cabinet que ces deux portraits, qui sont deux croûtes? — Vous croyez? me répondit-il. Moi, je les trouve ressemblants.

Cela lui suffisait. Ah ! il n'eût pas écrit *la Gloire du Dôme du Val de Grâce !* Et pourtant ce mécréant en peinture, une fois devant sa glace, savait se faire une tête qui était une œuvre de maître ; et quand il entrait en scène,

la perruque était peut-être de travers et le
costume incomplet, mais l'homme y était; et
il n'avait qu'à parler, et l'homme vivait, vivait
et charmait. Merveille, je le répète, qu'il pouvait réaliser même loin de la scène, en face
d'un verre d'eau et d'un encrier, n'ayant que
son filet de voix et l'art d'en jouer pour créer
une illusion complète et vous faire voir l'Arnolphe de Molière, ce fou fieffé, ce brutal, avec
ses roulements d'yeux de jaloux qu'on dupe et
ses larmes niaises !

Je dis l'Arnolphe de Molière, car nous ne
sommes pas ici dans la même incertitude que
pour Alceste; nous savons comment Molière
jouait le rôle; il a pris soin de nous en instruire
lui-même dans la *Critique* ; et les indications
que j'ai mises sous vos yeux dans mon compte
rendu de la *première*, sont tirées des contemporains. S'il penchait d'un côté dans son
interprétation du rôle, c'était plutôt du côté
de la charge; et principalement dans cette
scène du cinquième acte, où il se sauvait ainsi
d'un double danger: celui de faire plaindre
Arnolphe, ce qu'il ne voulait pas; et celui de

le rendre trop odieux, ce qui n'est pas, non
plus, de l'essence de la comédie.

Car cet Arnolphe, auquel on a voulu assi-
miler ce généreux Molière, cet Arnolphe, si
vous voulez bien y regarder de près, est un
fort vilain sire. Il est égoïste et cynique, il n'a
que mépris pour la nature humaine, et surtout
pour cette pâte féminine, qu'il s'imagine
pétrir à son gré, et à son usage. Il a acheté
Agnès à quatre ans, comme un Turc, dirait
Lisette, qui achète pour son harem une petite
fille ; il l'a voulu rendre idiote, il le dit ; il avait
défendu qu'on lui apprît à écrire ; c'est pis que
ce butor de Sganarelle, qui renfermait Isa-
belle, mais qui la laissait lire, et Arnolphe a
trouvé mieux que les verroux et les grilles, c'est
l'âme qu'il veut mettre en cette prison, l'ignorance. Tout cela pour se réserver une servante.
Car le mariage, comme il l'entend, c'est une
clôture, et Agnès devrait se priver de ses cinq
sens pour satisfaire uniquement aux siens.
Véritablement il n'a pas de pudeur, et, comme
tous les libertins finissants, cet être sans
morale et sans foi tâche à tourner à son profit

la foi et la morale ; et il apprend le catéchisme
à Agnès, comme Louis XV aux petites filles du
Parc aux Cerfs ; mais un catéchisme à l'usage
des maris, où le Tout-Puissant, avec sa grande
barbe, est constitué le gardien et le vengeur
de l'honneur conjugal, et celui qui fait bouillir
en enfer les femmes mal vivantes. Et ce catéchisme sera l'unique entretien d'Agnès ; elle y devra régler sa vie ; sans doute elle trouvera en
tête le *Calendrier des vieillards*.....

Bref, il entend la faire absolument sa chose ;
et lorsqu'à la fin il la voit insensible à ses sot-
tises, il s'emporte ; il répond à la confiance
de ce pauvre Horace par une trahison, et va
de ce pas se venger d'Agnès en la jetant dans
« un cul de couvent », — le mot est de lui.

Tout cela, n'est-ce pas, est assez odieux en
somme ; mais Molière, qui ne veut pas, dans sa
comédie, de personnages odieux, parce que le
sentiment qu'ils inspirent est pénible et qu'il
entend nous faire rire, Molière qui, même de
l'effrayant Tartufe a su faire un personnage
comique, Molière, donc, a dissimulé habilement
tout cet odieux du rôle d'Arnolphe en en fai-

sant avant tout un *ridicule*. Il l'a peint tout
bouffi de vanité, se débaptisant après la qua-
rantaine pour se faire appeler M. *de la Souche*
il lui a donné des prétentions au bel air, et
quelque esprit, dont il use comme un sot, car
cela se voit. Notre homme a donc en soi et
en son système une confiance imperturbable;
et comment ne rirait-on pas de lui, quand,
au début de la pièce, on l'a vu avec toutes
sortes d'airs de supériorité, d'ironies et de rires
gras, déclarer qu'il est sûr de son affaire,
qu'il a un secret infaillible, que ce n'est pas à
lui qu'on en conte et qu'il a tout expérimenté;
et qu'on le voit à la fin battu par une innocente, lui, le malin, l'*homme qui sait*, comme
on dit aujourd'hui, s'éloigner

Honteux comme un renard qu'une poule aurait pris!

Qui donc s'attendrirait à le voir pincé
à son propre piège? Le bon Chrysale ne
l'avait-il pas prévenu? Une sotte peut manquer à son devoir

Sans en avoir envie et sans penser le faire...?

Et Agnès effectivement :

... Ne voit pas de mal à tout ce qu'elle a fait.

Le daubeur est daubé : l'effronté railleur, qui poursuivait de ses lardons tant d'excellents maris, n'en pouvant mais de leur destinée, il a été lui-même l'artisan de la sienne, c'est pain bénit ! Songez-y donc ! si vous le plaigniez, il vous faudrait accuser Agnès, cette âme exquise ! Ah ! ce serait pis qu'à la tragédie, où l'on pleurait *sur ce pauvre Holopherne si méchamment mis à mal par Judith !* — Car Agnès a mille raisons que n'avait pas Judith. Est-ce que vous en voulez à Agnès ? Avez-vous ce courage ? Je vous en prie, laissez-la venir à vous, comme les petits enfants, avec cette candeur qui lui vient bien plus de la droiture de sa jeunesse que de l'ignorance où on la tient, avec cet air engageant et ce je ne sais quoi de tendre, que lui donne la bonté de son petit cœur. Oh ! vraiment, Shakespeare a dit de la femme : « perfide comme l'onde », et moi je dirai d'Agnès :

« claire comme l'eau de la source ». Dans la
transparence de sa naïveté vous voyez toutes les
qualités aimables de nos filles : elle est com-
patissante, témoin son affliction de la mort
du petit chat; elle est civile, rappelez-vous ses
belles révérences; elle est enfin docile, or-
donnée, travailleuse; avec cela, une petite
pointe de coquetterie : c'est sa grosse passion :
elle aime à être *brave et leste*; ce sera bien la
plus délicieuse petite bourgeoise ! Et elle ne
ment jamais; non; elle est sincère comme la
nature. C'est pourquoi elle est si tranquille.
Elle a eu foi dans Arnolphe : « J'ai fait ce que
vous m'avez dit », lui dit-elle; et c'est vrai.
Elle ne lui cache rien de sa rencontre avec
Horace. Pauvre jeune homme ! Il était si intéressant ! ne fallait-il pas qu'elle le guérît ?
Elle raconte tout : le plaisir qu'elle avait de
ses compliments et de ses caresses; elle en est
ravie comme d'une découverte; persuadée
d'ailleurs qu'une chose si douce ne saurait
être condamnable. Car le mal, c'est ce qu'on
fait avec peur. Elle n'a pas eu peur du tout.

Il y a bien le... ruban. Elle hésite à l'avouer.

Pourquoi? Ah! c'est que là vraiment elle craint un peu d'avoir mal fait. Ce ruban, c'est Arnolphe qui lui en avait fait présent; et Agnès sait que ce n'est pas bien de redonner à d'autres les présents qu'on nous fait. Tout ce qu'elle ne tient pas d'Arnolphe, elle l'aurait laissé prendre, et n'eût pas cru qu'il en dût être mécontent. Pourquoi donc?

Mais voilà qu'il s'emporte; il lui fait une peur horrible de Dieu et du Diable; elle est consternée. Comment ce qui ne laisse aucun trouble au cœur serait-il un péché? Et qu'est-ce que cela signifie, que ce qui est un crime avec Horace, qui est si bien fait et qui l'aime, soit un devoir avec Arnolphe, qui est si fâcheux de mine et de discours? — Elle sent qu'on ne lui dit pas tout : et elle, qui va si droit dans sa pensée, s'étonne des complications et des réticences d'Arnolphe. Elle a été plus d'une fois surprise des gros rires de cet homme à certaines questions qu'elle lui faisait et comme celle des enfants, vous savez. Il lui a fait éprouver ce sentiment des écoliers qui surprennent leur maître en flagrant délit de mensonge.

C'est un terrible juge que l'innocence ! Agnès
juge Arnolphe, et elle est d'autant plus sévère,
qu'ignorante comme il l'a laissée, elle ne peut
lui connaître de circonstance atténuante. Elle
ne sait pas combien il souffre, et quand il es-
saie de le lui faire comprendre, c'est si extra-
vagamment, c'est en forçant si grossièrement
la note, qu'elle a beau l'écouter de la meilleure
foi du monde... elle ne le croit pas ; et elle le
lui dit : Horace avec deux mots ferait cent
fois plus que lui ; parce qu'Horace serait naïf,
parce qu'il laisserait comme elle aller son cœur
tout nu, parce qu'elle croirait Horace ! Pour
Arnolphe, c'en est fait ; elle sent qu'il l'a
trompée ; elle est dans une ombre qu'elle lui
reproche, parce que c'est lui qui l'a faite, et
que ceux qui font l'ombre ont de mauvais
desseins ; et elle va tout naturellement du
côté où elle entrevoit protection et lumière,
comme les fleurs dans les caves montent vers
le soupirail, vers le soleil, vers l'amour.

Ecoutez-la s'expliquer elle-même dans sa
lettre :

« Je veux vous écrire, et je suis bien en peine
par où je m'y prendrai. J'ai des pensées que je dé-
sirerais que vous sussiez; mais je ne sais comment
faire pour vous les dire, et je me défie de mes
paroles. Comme je commence à connaître qu'on
m'a toujours tenue dans l'ignorance, j'ai peur de
mettre quelque chose qui ne soit pas bien, et d'en
dire plus que je ne devrais. En vérité, je ne sais
ce que vous m'avez fait, mais je sens que je suis
fâchée à mourir de ce qu'on me fait faire contre
vous, que j'aurai toutes les peines du monde à
me passer de vous, et que je serais bien aise
d'être à vous. Peut-être qu'il y a du mal à dire
cela ; mais enfin je ne puis m'empêcher de le dire,
et je voudrais que cela se pût faire sans qu'il y
en eût. On me dit fort que tous les jeunes hommes
sont des trompeurs, qu'il ne les faut point écouter,
et que tout ce que vous me dites n'est que pour
m'abuser; mais je vous assure que je n'ai pu encore me figurer cela de vous, et je suis si touchée
de vos paroles, que je ne saurais croire qu'elles
soient menteuses. Dites-moi franchement ce qui
en est, car enfin, comme je suis sans malice,
vous auriez le plus grand tort du monde si vous
me trompiez; et je pense que j'en mourrais de
déplaisir. »

Je ne veux gâter cette lettre par aucun
commentaire ; je le demande seulement : quel
est le malheureux qui ne se sentira touché
par cette prière d'un amour à tâtons, mêlé
de craintes et d'abandonnements, et qu'elle
exprime l'un ou l'autre, si franche et si simple
dans son expression ? Et n'était-ce pas *un
crime* en effet *punissable* d'avoir

> ... dans l'ignorance et la stupidité
> Voulu de cet esprit étouffer la clarté ?

Pour moi, je vous le déclare, je suis ravi que
la pauvrette se défende, qu'elle ait cette noire
ingratitude des esclaves, qui consiste à se sau-
ver, et que la charmante séquestrée, pour
l'aider dans sa fuite, prenne le bras de mon
camarade Delaunay.

Je voulais dire d'Horace ; mais c'est que c'est
la même chose. Personne n'a joué Horace
comme Delaunay. Ce charmant Horace, si
bien fait pour Agnès, qui a cette candeur des
jeunes hommes, la confiance, née au fond de
la même ignorance de la vie et de la même
générosité de cœur, cet éventé, toujours dé-

bordant d'amour et du besoin d'en parler, si bon, si honnête, qui, devant l'ignorance d'Agnès, et les dangers où la fait se jeter la sottise d'Arnolphe, se sent le devoir du respect, qui aimerait mieux mourir que de l'abuser, cet Horace enfin, si tendre, si dévoué, si fou, — Delaunay l'a été si bien, qu'il en a mis un peu dans tous ses rôles. J'entends les vrais : ses rôles de jeunes premiers, dans lesquels il sera toujours lui-même. Toujours il modulera la chanson de Fortunio ; il faudra qu'il soupire jusqu'au dernier soupir ! mais avec quel art il la module, cette chanson que Musset ne lui a pas apprise, puisqu'il l'a trouvée déjà dans Molière, cette chanson éternelle de l'adolescence amoureuse ! Et sur quel instrument infaillible et suave il l'exécute, thème et variations ! Cet instrument, vous le savez, c'est un peu son nez, mais ce n'est pas moi qui lui en ferai reproche. On a bien voulu dire que j'usais aussi du mien : et l'on a assuré qu'il faisait son bruit dans le monde à la façon d'une trompette. Celui de Delaunay, c'est une flûte en ce cas, et Tulou n'en jouait pas mieux.

Delaunay a la correction infinie, des délicatesses de diction inimaginables, le soin du détail, longtemps cherché ; il a la désinvolture et la grâce ; il saute par la fenêtre avec des jambes de quinze ans ; il est souriant, il est attendri ; il a dans la gorge un tourtereau, et dans l'âme un poète ; il a tout ce que le talent peut donner de perfection ; bref, dans les *Delaunay* : Delaunay est incomparable.

Horace, ce type accompli du vraiment jeune homme, est un Delaunay. Et Delaunay épouse Agnès, avec qui il vivra heureux et aura beaucoup d'enfants. Molière l'a ainsi voulu, Molière toujours miséricordieux pour les jeunes, parce qu'il est pour la nature, et que la nature comme la chanson, veut des époux assortis. Il congédie Arnolphe avec un *ouf*, qui finit la comédie. — Que pensez-vous que dira le monde après ma mort? demandait un jour Napoléon à un de ses familiers. — Sire, le monde dira ceci, dira cela, et là-dessus une oraison funèbre dans les formes. — Vous vous trompez, interrompit l'Empereur: le monde n'en dira pas si long ;

il dira : *ouf!* — Le *ouf* d'Arnolphe est aussi gros de significations. Notons en passant que Molière avait écrit : *oh !* — les premières éditions ne portent pas autre chose — mais, à la scène, il disait *ouf;* et la tradition a maintenu cette dernière exclamation, où se voit une fois de plus le dessein de Molière de tirer le rôle au comique, car *oh!* peut être du style noble; *ouf,* non pas. C'est donc le dernier trait par lequel il achève son homme.

Sans revanche possible! Ah! Si Arnolphe était autrement bâti, si, à son expérience de la vie et à sa connaissance des femmes, il joignait le tact et les délicatesses d'un homme du monde, il y aurait pour lui quelque espoir de retour. Il pourrait profiter du premier orage pour reparaître à la maison, calme, affectueux et consolateur. Il y aurait des chances pour lui, aux heures de réflexion où la jeune femme, négligée, se souvient et compare, et peut-être saurait-il lui faire goûter la science de l'homme au fait, avec ses ressources infinies, de préférence à l'inspiration du jeune amant, fougueuse, mais inégale et vite lassée.

Et alors serait possible cette suite de l'*École
des Femmes*, la *Revanche d'Arnolphe*, qu'on assure avoir été rêvée par Dumas fils. Mais pour
cela, je le répète, il faudrait qu'Arnolphe fût
un autre homme; tel que nous l'a offert Molière, il n'y a point pour lui de lendemain;
butor il est, butor il restera; et d'ailleurs, si
jamais Horace est négligent d'Agnès, l'Amour,
ce grand maître, saura bien enseigner à sa
charmante écolière l'art de le reconquérir et
de le garder.

Concluons. La thèse que Molière a soutenue
dans l'*École des Femmes*, est la même déjà
présentée dans l'*École des Maris*. Il n'a fait que
l'élargir, et d'une simple question de disci-
pline et de gouvernement intérieur, il a fait
une question d'éducation. Comment faut-il
élever les femmes? Voilà ce dont il traite. Il
n'existe pas de comédie plus gaie ni de sujet
plus grave.

Mais d'abord je me demande si j'ai bien
posé la question. Comment faut-il élever les
femmes? ai-je dit. Ce n'est peut-être pas cela
qu'a voulu voir Molière. Je pense qu'il s'est

placé plus haut. Pour qui faut-il élever les femmes ? Voilà ce qu'il pourrait bien avoir cherché. Autrement dit, l'éducation qu'on leur donne doit-elle avoir en vue leur bonheur à elles-mêmes, ou simplement notre plaisir ?

La question posée ainsi devient terriblement plus claire. Si, dans ce gros problème, nous ne nous préoccupons que de nous autres, nous pourrons bien donner raison à Arnolphe. Il expose très crûment la théorie. La femme est un être inférieur exclusivement créé pour le service et la délectation de son seigneur et maître.

Comme un morceau de cire entre ses mains elle est.

Il n'est pas nécessaire qu'elle ait une âme. Au contraire. Une idiote fait admirablement l'affaire. La femme qui pense est un animal dépravé.

Si cela vous paraît trop brutal, ajoutez, comme on fait en France, au devoir essentiel de la femme, qui est de plaire à l'homme,

le droit de choisir et d'ajuster les chiffons
grâce auxquels elle croira lui plaire davantage. Arnolphe, faisant cette concession, pa-
raîtra fort libéral à mille et mille gens.

La théorie est simple. Ce n'est pas de l'éducation : c'est du dressage.

Au contraire, pensez-vous qu'élever une
femme, ce soit la préparer à la vie, l'armer
contre les risques sans nombre qu'elle y court,
la fortifier contre d'inévitables douleurs, et, en
même temps, la rendre capable d'apprécier
les choses douces, sereines et profondes, qui,
à cette vie si tourmentée, donnent cependant
un si haut prix ?

Alors vous serez contre Arnolphe, et je le
répète, avec Molière.

L'objection qu'on peut tirer des boutades
de Chrysale ne signifie rien. Molière dans les
Femmes savantes, est contre Philaminte et surtout contre Armande ; parce que, par le pé-
dantisme, la rude Philaminte enlève à la
femme la grâce,

Plus belle encor que la beauté ;

parce que, par le mysticisme, Armande sacrifie la nature ; — parce que toutes deux, par suite, portent atteinte à la société humaine. Mais s'il est contre elles, il n'est pas pour Chrysale. Chrysale n'est pas le sage des *Femmes savantes*, tant s'en faut : ce sage, c'est Clitandre, qui consent qu'une femme ait des clartés de tout : c'est surtout Henriette, la plus parfaite des créations féminines de Molière.

Henriette, c'est Agnès instruite. Elle a toutes les qualités charmantes de notre amie : la droiture du cœur, la tranquillité d'âme, jointe à beaucoup de finesse native et à cette vivacité de réplique, dont Arnolphe est si déconcerté au cinquième acte ; Henriette, comme Agnès, est née pour le ménage ; mais avec tout cela, elle *sait;* et cela ne diminue pas son charme.

Henriette sait que les enfants qu'on fait ne se font pas par l'oreille. Elle sait quels dangers réels encourt une fille en ce monde ; et, le sachant, elle s'en peut défendre : ce que ne pourrait faire Agnès. — Jugez ce qu'Agnès fût devenue, si Horace, ce qui était possible, eût été un malhonnête homme ! — Le danger, sans

doute, est moins grand lorsque l'ignorante a
sa mère : mais il ne cesse pas d'exister : il devrait être prévenu. Je n'hésiterais pas, si j'é-
tais mère, à révéler la maternité à ma fille ;
à lui apprendre qu'en aimant, c'est à la maternité qu'on s'engage ; et que, selon qu'elle
a ou non l'aveu du monde, elle sanctifie ou
déshonore. La leçon vaudrait bien celle d'Arnolphe, ses chaudières bouillantes et le reste ;
la jeune fille avertie en serait plus forte ; bien
des vertiges ainsi lui seraient épargnés, et
aussi, des désillusions cruelles ; et, comme la
vérité est saine, je ne trouve pas que ce serait
flétrir sa couronne virginale. Aucune âme ne
perd à être éclairée. Agnès serait moins ingénue, mais toujours aussi chaste. Et si l'on
parlait mariage devant elle, et qu'on s'étonnât
de la voir, toujours paisible, résoudre son
cœur *aux suites de ce mot,* elle répondrait avec
Henriette :

> Les suites de ce mot, quand je les envisage,
> Me font voir un mari, des enfants, un ménage ;
> Et je ne vois rien là, si j'en puis raisonner
> Qui blesse la pensée et fasse frissonner.

Ce n'est pas d'ailleurs, à ces révélations que se borne le savoir d'Henriette ; qu'on y prenne garde ! elle a été élevée comme la sœur Armande ; elle n'a pas poussé aussi loin en philosophie, mais elle est savante, et je ne serais pas surpris que, quoi qu'elle en dise, elle sût du grec autant que femme de France. Mais elle a, par-dessus toutes choses, cette adorable qualité française, le bon sens ; et elle l'emploie, Clitandre vous le dira, à paraître ignorer les choses qu'elle sait plutôt que d'en faire pédantesquement parade. Elle *a des clartés de tout* : sur toutes choses donc son mari pourra faire appel à ce tact délicat qu'elle possède ; elle sera sa digne compagne et non sa servante avilie ; et quand viendront ces enfants, qu'elle envisage d'avance *sans frissonner*, elle sera pour eux, non seulement une mère soigneuse, mais une *éducatrice* accomplie.

N'oublions pas cela, en effet : la femme est éducatrice par mission ; il faut donc la mettre en mesure de remplir cette tâche et de former véritablement des hommes ; il faut la mettre en mesure, surtout, de la remplir sans appeler à l'aide certain personnage que nous avons vu poindre derrière Arnolphe et que nous retrouverons dans Tartufe.

En un mot, il faut instruire la femme. Il le faut pour elle; il le faut pour nous. La femme d'Arnolphe, en effet, ne saurait lui procurer que le plaisir; Henriette apportera le bonheur à Clitandre. Il n'y a pas mariage là où il n'y a pas société : il faut que les esprits s'entendent comme les cœurs. Voilà, je crois, ce qu'a voulu prouver Molière.

Et ce n'est pas, dans sa pensée, d'instruction pure qu'il s'agit, mais d'éducation : c'est-à-dire qu'aux livres il faut ajouter cette grande école, le monde :

Et l'école du monde, en l'air dont il faut vivre,
Instruit mieux à mon sens que ne fait aucun livre.

Les livres pour apprendre à penser : le monde pour apprendre à vivre. C'est l'éducation anglaise, me dira-t-on, et l'éducation américaine. Je n'en disconviens pas. Mais c'est aussi l'éducation d'Ariste. Et je ne crois pas qu'aujourd'hui Molière s'effraierait beaucoup

de cette liberté qu'on laisse aux jeunes filles
chez nos voisins, — pourvu naturellement
qu'on les eût armées pour la défense. Il se fie-
rait, pour que cela ne passât pas les bornes,
à ce bon sens de race que je rappelais à l'occasion d'Henriette, à ce sens exquis de la mesure et du goût, qui est inné chez nos Françaises, et, aussi, à cette galanterie respectueuse,
la galanterie du galant homme, qui ne se perd
chez nous qu'à cause justement de la séparation des sexes, cette séparation contraignant
l'homme à se gâcher l'esprit et le cœur dans
la société des filles de plaisir. — J'ai pu, pour
ma part, m'assurer plus d'une fois que cette
forte éducation, cette liberté des jeunes filles
anglo-saxonnes, savent en faire des créa-
tures admirablement loyales, point du tout
pédantes, nullement dénuées de charme fémi-
nin ; et je me suis pris à penser que nos jeunes
filles françaises y puiseraient très probablement des qualités inattendues, propres à
ranimer ces choses qui vont disparaissant : la
conversation dans le salon, le conseil au
foyer.

D'autant plus que la science aujourd'hui s'est dépouillée du crasseux appareil qui l'affublait du temps de Molière ; qu'elle s'égaie et s'humanise ; et que tel savant, qui occupait naguère dans l'Instruction publique le plus haut poste officiel, peut-être en même temps le plus aimable compagnon, fort capable, entre deux arrêtés ou deux découvertes, d'improviser en souriant de jolis vers, sans pour cela s'en faire accroire.

Je sais qu'on me dira que l'éducation d'Ariste, qui lui a réussi avec Léonor, n'a pas réussi à Molière avec Armande Béjart. Mais il y a à cela bien des explications : le milieu où tous deux vivaient ; le caractère vain et futile d'Armande, qui n'avait pas assez d'étoffe pour être bonne ; enfin ce point très grave que l'éducation que reçut Armande, bien qu'excellente, eut le malheur de lui être donnée par un futur mari, et non par une mère, comme le veut la nature des choses. Molière se donnat-il à lui-même ces explications? Il se peut bien, puisqu'à la fin de sa carrière, ses déceptions ne l'empêchèrent pas de créer cette ravissante figure d'Henriette. C'est que chez Molière, comme chez tous les véritables poètes dramatiques, l'esprit planait au-dessus des misères du cœur ; et que ses tortures intimes n'altérèrent jamais ni son incomparable verve comique, ni la souveraine impartialité de son génie.

ÉVREUX, IMPRIMERIE DE CHARLES HÉRISSEY.